（日）林真理子／著

王健康／译

个女无敌·快乐书

王健康　石观海　主编

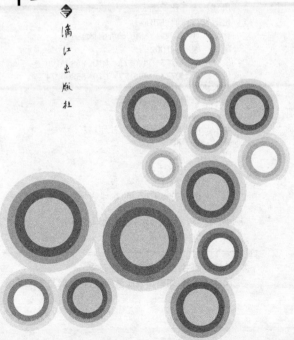

漓江出版社

桂图登字：20-2003-126号

图书在版编目（CIP）数据

个女无敌·快乐书/（日）林真理子著；王健康译. —桂林：漓江出版社，2008.1
ISBN 978-7-5407-4454-0

Ⅰ.个… Ⅱ.①林… ②王… Ⅲ.随笔—作品集—日本—现代 Ⅳ.I313.65

中国版本图书馆CIP数据核字（2008）第001654号

个女无敌·快乐书

著 作 者	〔日〕林真理子
译 者	王健康
主 编	王健康 石观海
责任编辑	刘萍萍
美术编辑	徐新宇
责任监印	唐慧群

出 版 人	杜 森
出版发行	漓江出版社
社 址	广西桂林市安新南区356号
邮 编	541002
发行电话	0773-3896171 010-85893190
传 真	0773-3896172 010-85800274
邮购热线	0773-3896171
电子信箱	ljcbs@163.com
	http://www.Lijiang-pub.com
印 制	中国农业出版社印刷厂
开 本	880×1060 1/24
印 张	6.25
字 数	106千字
版 次	2008年7月第1版
印 次	2008年7月第1次印刷
印 数	1—8 000册
书 号	ISBN 978-7-5407-4454-0
定 价	20.00元

目录

译者序 / 1

致中国读者　林真理子 / 1

做个"女强人"　林真理子 / 1

Chapter 1 / 爱情篇

我想嫁个公司职员 / 3

藕田和饭仓"坎蒂"的对决 / 6

床是男女的金戒指 / 10

内衣富有戏剧性 / 15

丸之内为何靓女多 / 19

丑女遭贬也无奈 / 22

贪婪会破坏恋爱的余味 / 25

事后的表现是爱的试金石 / 28

让男人替自己购物的女人当然让人羡慕 / 32

不要太欺负女人 / 36

美少年属于大家 / 39

说实话已经过时 / 43

Chapter 2 / 工作篇

媒体和拉面 / 49

珍藏品：四十封不录取通知书 / 53

女人也爱金钱、地位和名誉 / 57

感性的炼金术 / 61

近来我越变越傻 /65

矢野显子是块圣母踏板画 /70

女人的友情在优越感的跷跷板上摇摆 /73

比自己大好多的女友好 /77

天地真理和我 /80

Chapter 3 / 解放篇

从三叠陋室到豪华公寓——我的成功之路 /87

我最喜欢吃烤肉 /92

女人在外就餐时 /97

先乐后愁的大削价 /100

病弱是种新时尚？ /105

录像机使我们变得猥亵 /110

要想海量先酒精中毒 /114

人比自然更可爱 /118

我的美食日记 /124

林真理子何以成为林真理子 /129

后记 /133

林真理子年谱 /135

译者序

　　一个来自山梨县山区的乡下女孩，一个借宿东京斗室的穷大学生，一个求职面试四十家公司均未被录取，以至拮据得一天靠几片面包充饥的落魄女子，一部散文集，居然使她一举成名，成了全日本共同瞩目的文坛新星。这部散文集就是当今日本畅销女作家林真理子的《个女无敌·快乐书》（直译《把快乐买回家》）。这部集子1982年出版发行，轰动全国。令人咋舌的是，近二十年来，重版五十八次，久盛不衰，人气依旧。

　　著名作家高桥睦郎读了这部集子，按捺不住激动，如是说："我稍稍读了这本书的最初两三页，不，是两三行，不，只是随手翻来，却一下子使我欲罢不能。用了一个多小时，把它一气读完。不仅如此，我还打电话给诸多朋友，推荐他们都读读这本书，至少是其中的精彩部分……因为在真理子的这本集子里，有令我冲动不已的力。"

　　一个二十出头的文学新人、一部小小的散文集子，何以这样震撼人心，令众人为之倾倒呢？它的魅力就在于，从没有一个女作家像林真理子那样，能如此直言不讳、淋漓尽致、堂堂正正地把女性真实的内心世界，女人的本能、情感、欲望，甚至是妒嫉、野心表达出来，诉诸他人和周围世界。作者在前言中尖锐地写道："纵观当今女性所写的散文（特别是年轻的女作者），或是类似评论的文章中，有哪些反映出她们的心声？……到底有多少真实呢……怎么读来，也无

1

非是极端的赶时髦而已……她们顾忌什么？畏惧什么？我想说，年轻女人本身具有的东西为什么要讳莫如深呢？偏见、眼红、嫉妒。这三者难道就这么见不得人吗？总而言之，我铁了心，要做一名女拳击手，用我的语言将至今为止的一切所谓完美高雅的散文击个粉碎。"

正因为如此，在这本集子里，没有丝毫以往女作家作品中的那种貌似高雅的无病呻吟，矫揉造作，虚伪掩饰。在这部集子中，林真理子向读者展现了一个有血有肉、有情有欲、有野心有追求的女性世界。读来让人觉得真、实、爽，更感受到女性特有的激情和活力。

你要美，就尽量打扮自己；

你要占有，当然要去妒嫉；

你要吃喝玩乐，就千方百计满足自己；

你要爱，就去打败情敌；

你有情欲，就应该得到满足，无可非议；

你要实现理想，就不要怕挫折，再接再厉……

一篇篇散文，抒发和宣泄了当今女性久藏心底又羞于启齿的心声和欲望，激发了她们进取的勇气，体现了她们的社会价值。成千上万的读者，特别是女性读者读了这本集子，产生了深深的共鸣，成了"出一本，买一本，读一本"的林真理子迷。

从这本散文集问世至今，林真理子创作了近一百四十部作品，其中近十部被改编成电影、电视剧。但是，可以说她所有作品都贯穿了这部散文处女作特有的文学风格。

让我们通过这本集子，走进林真理子的文学世界，尽享她特有的文学乐趣吧。

译者

2007年10月

致中国读者

中国朋友们，你们好。应该说我们不是初次相识，因为我早已有几部作品译成了中文。

前两天，我出席书店的作者签名仪式，读者的队列中有位中国的留学生。据说是在中国国内读了我的作品。

我登上文坛二十年，现在被称为日本非常有声望的作家之一。我给女性杂志写随笔，也写历史小说，还经常客座周刊、月刊杂志的各种对谈。恐怕还没有如此多方位活跃的作家，这是我所自负的。

希望你们能通过我的作品接触今天的日本。在我的随笔等当中，会有些难懂的固有名词之类，可以问一问周围的日本人。人们认为我的随笔有点过于直率。恭谨的中国读者，尤其是女性会如何理解我的作品？我有点担心，也觉得很有乐趣。

林真理子

做个"女强人"

　　最近，我似乎日益变得痴情起来。散文也好，小说也好，读的尽是些男作家的作品。同时对一小撮女名人，她们写了些乏味的东西，做了些无聊的事情，却不知怎么就能在媒体上闪亮登场。我畏畏怯怯地关注着她们，充满了嫉妒……

　　是的，对于这些女名人，我和你完全持同样的态度。

　　但是，这次我所以会写这样一本书，完全是出于女子自身的反击，以往她们总是那么乖戾卑屈。纵观当今女性所写的散文（特别是年轻的女作者），或是类似评论的文章中，有哪些反映出她们的心声？

　　"早晨，我在铺着洁白床单的床上醒来，喝几口牛奶，然后去咖啡屋见男人。"这种模式的文章中，到底有多少真实呢？被男人抛弃、伤心哭泣、感情纠葛等等，可谓费尽笔墨。可是怎么读来，也无非是极端的赶时髦而已。在那种书里，她们会随随便便地和男人上床。可是，在写文章这件事上，她们总让人觉得好像里外穿了三条羊毛内裤似的。她们顾忌什么？畏惧什么？我想说，年轻女人本身具有的东西为什么要讳莫如深呢？偏见、眼红、嫉妒。这三者难道就这么见不得人吗？

　　总而言之，我铁了心，要做一名女拳击手，用我的语言将至今为止的一切所谓完美高雅的散文击个粉碎。

　　我可能成为十恶不赦的反面角色。随它去吧，女人的人生原本无常，最终会像一朵大瓣的花朵，不，像地鼠形烟花转瞬即逝。

林真理子

Chapter 1 ＿＿＿＿ 爱情篇

我想嫁个公司职员

藕田和饭仓"坎蒂"的对决

床是男女的金戒指

内衣富有戏剧性

丸之内为何靓女多

丑女遭贬也无奈

贪婪会破坏变爱的余味

事后的表现是爱的试金石

让男人替自己购物的女人当然让人羡慕

不要太欺负女人

美少年属于大家

说实话已经过时

我想嫁个公司职员

近来，我迷上了影星风间杜夫[1]。

要说为什么会这样如痴如迷，理由只有一个。就是在我的周围绝对没有一个男人具有这种风范。我平时交往的大都是些不带领带、胡子拉碴、左手的无名指上还戴着戒指的男人。虽说也有在广告代理店、广告委托人的行业供职的职员，总觉得他们与纯粹的公司职员有点儿不同。

纯洁而又真诚的职员实在是难得幸会啊。

在六本木的小酒吧里，一个地道的商社职员打扮的男人在举杯畅饮。我迟迟疑疑地想在他近旁入座。定神一瞧，已有个看上去时常光顾迪斯科的漂亮小姐在他旁边，我根本没有插足的余地。不仅如此，我身边的男同伴们的目光老是往三三两两结伴而来的女大学生们扫去，而对我这边漠然无视！不，有时会觉得不是无视，甚至是一种厌恶。那些个打扮花哨、与我们处在两个不同世界的女人，有时会感受到她们时不时瞟来的视线："哼，硬撑着面子装潇洒！"

怪都怪我的同伴，我也正是在这种时候怨恨他们。

据杂志介绍，从事自由职业的男子最受女大学生们青睐。说他们的休闲式服装、精蓄的胡子最富有魅力。反过来，这种情况为什么不发生在公司职员的身上呢？与女人强烈的好奇心和冒险心理相比，男人显得极为怯弱。然而，这正是他们最吸引人的地方。洁白的袖

---

① 日本著名演员。代表作品有电影：《蒲田进行曲》。电视
剧：《上海人在东京》(日中合拍电视剧)等。

口，畅饮时略显得歪斜的领带，比他们本人感觉要性感十倍。要是可能的话，真想对吧台的调酒师说一句："替我给那边的那位先生送一杯鸡尾酒去。"哟，心好跳！

我之所以错过了结婚的适龄期，多半是因为自己没有魅力。还有一个原因，是我对公司的男性异常憧憬。

在漂亮的公寓里，我边做着刺绣，边等待着丈夫的归来。门铃响了，当职员的丈夫出现在门口。

"瞧你，又喝酒了……"

"接待嘛，招待客人。洗澡水烧好了吗？"

"烧好啦。晚饭都给你准备了。"

这么说着，我从丈夫背后把浴衣给他披上，乘势把脸靠在丈夫的肩上，仔仔细细地检查有没有香水味儿。

我在一个非职员家庭长大，又没有和职员谈过恋爱，老是不断地想象上述的场面，一发而不可收，好心烦！

相反，在杂志《恐鸟》的插页上时常刊登的一对对男女情照却令人作呕。大多数情形是，夫人是个作家，丈夫不是美术设计师便是插图画家。刊载在那种地方的男女，大多是通过编辑的朋友关系觅来的，当然都是些从事时尚工作的人啦。他们两人的脸上漾出的神情就好像在告诉众人："瞧我们，生活得多么富有个性，多么时髦！好好瞧瞧吧。"可他们就不知道，把个性什么的硬搭配在一起，只会更显得荒唐滑稽。

手工制作的家具，以绿色为基调的房间，都是老套路。双双进餐时，必定是女方手持依万里产的餐具，一副得意洋洋的样子。看了都腻人。两个极其相似的人，生活在同一个屋檐下，令人作呕的氛围，四处充溢。真卑俗！

说到这一层，我就出手不凡了。我会追求和自己性格迥然有异的伴侣，恳求他和自己共享人生。实话实说吧，我不久就要去相亲了。对方是某出版社的职员。为了这一天，我正在拼命准备呢。首先当然是减轻七公斤的体重，彻底戒烟！对了，还要把这短直的发型改了，烫发。套装呢，得买一套"鸟居·雪"之类的名牌。可是，好紧张喔。

　　细细想来，实际上我还从来没有和公司职员面对面地说过话呢。我打算读一读《礼仪指南》，好好学习学习。

藕田和饭仓"坎蒂"的对决

在我的朋友中，有一个病态般性感的女子。概言之，她的皮肤洁白晶莹，身材娇小而又玲珑匀称，是川上宗薰先生最最喜欢的那种类型。她的日本式脸型跟"痴情"这个词非常吻合。她欢笑的时候，微露齿龈，酷似五月绿、西川峰子那样的美女。她的皮肤异常地嫩滑，吹弹欲破，这也是她的特征。我轻而易举"砰"地放在桌子上的粗瓷茶杯，她是绝对拿不住的。

"哟，好烫！"她会尖声叫唤，使得在场的男士们个个惊得目瞪口呆。

把她说成是老实本分的女人就没趣了。难得的是，她可是个痴情的女性。她的感情投入非同一般。有一次，她曾连续四天没去上班，连个招呼都没打。后来听说是男友因盲肠炎住院，她赶去陪夜。又是替病人洗衣服啦，又是服侍大小便，没日没夜地伺候。

"碰到这样的急事儿，哪还顾得上给公司打电话请假这茬儿啊。"她伸了伸舌头说道。那模样委实可爱。我得打住话题了。再这样褒扬她，会被别人以为我是个女同性恋了。不过，男士们对这样的女人谁能不动心呢？

当时，我和她在一个二流的演出中介公司里从事广告传单文稿的写作。聪明的女人对这种公司里的男人是嗤之以鼻的。要避免是是非非，绝对不能让人有空子可钻。要始终不失"一流大学毕业、上流家庭出身的小姐"的传统。说实话，这可相当不易。

她和我不一样，眼光看得很远。

"我呀，好像不合适做广告稿撰写人这活儿。既然没什么大出息，也就没有必要老在这种地方磨蹭了。"她这么说，轻轻飘飘地另谋高就去了。现在，她在一家模特儿俱乐部当经理。大概这工作很适合她的性格，如鱼得水，干得欢快之极。如此快活，倒叫人怀疑与男人有什么瓜葛。这种推测似乎还真给说准了。

"经理这工作都干些什么呀？"

"唔，常常和广告委托公司的头面人物一起吃吃饭、喝喝酒什么的。"

"噢，那酒足饭饱以后，至少还得让人家牵牵你的手吧？"

"那当然啦。这是工作嘛。"她用特有的女中音说道，稍稍瞪了我一眼。

总而言之，她总是用这种口气直抒胸臆，这很叫人感到畅快。那一阵子，我每天晚上都和她外出喝酒，滔滔不绝地说着公司的坏话和关于男人的话题。

"你问我第一个交往的男孩？是高中一年级的男生。那时我十五岁。"

她的交友年龄比我推测的小三岁。

"真理子，你几岁开始交往的？"

我毫不示弱地也把自己的交友年龄说小了三岁。我的回答对自己冲击却不小。

当今，可以说是中学生也能在迪斯科舞厅上结交男孩儿的时代。但是，她初次和男孩儿上床那会儿距今已十多年，当时她的所为可真是非同一般了。而且，她和那个男孩儿为了是结婚还是私奔，好

像还演出过一出武打剧呢。

"嗨，十五岁那年还真的是没少干呢。"她说道。

我恍然领悟，痴情女子非一日长成。正是少女时代经历的积累，才有她今天的风采。这么一想，再回顾以往，我自然也就理解为什么我会成为现在的我了。在我十五岁那年的追忆中，留下的是一辆白色的自行车和一片藕田。那辆自行车是我考取高中得到的贺礼，我每天骑着它朝学校乘风疾驰。途中经过的堤坝下，有一大片藕田。我每天在那儿停住车，采撷藕叶，做成花束，把它放在教室的花瓶里做装饰。一心想着："会不会有人觉得我是一个喜欢花卉的温柔可爱的小女孩儿？"脑海中浮现出刚成为同班同学的那些男孩儿的身影来。

"真的？这是哪一年的事儿？我和你不是只差一岁吗？这真是发生在日本的事儿吗？"这回轮到她吃惊了，"我那时正每天晚上和庆应大学的男孩子们乘着进口车，在六本木一带玩乐，在'坎蒂'品尝葡萄酒呢。"

"撒谎！高中生去'坎蒂'那种地方？开什么玩笑呀。我现在的家离那儿才五分钟工夫的距离。那种无法无天的地方，我这把年纪还没有进去过呢。"

于是，我，还包括她几乎同时脱口而出：

"撒谎！"

"谁相信啊。"

彼此面面相觑。宛如童话《乡下的老鼠、都市的老鼠》里的一幕场景。可是，即便我与十五岁的初次性体验、交往庆应大学的学生、坐进口车、进"坎蒂"喝酒这些令人头晕目眩的一切有缘，也丝毫没有想将自己的少女时代与之作交换的念头。这不，和男朋友同逛六本木，对现在的我不是轻而易举的事儿吗（也许不一定）？若是十五岁时，没有那自行车和藕田，我又会在什么时候经历这一切？我是在故里孕育了我的恋爱和对繁华都市的憧憬，并且它是缓缓地逐步地酿成的。所以，当和它们真正相遇时，我是那样的欢悦。而无暇憧憬、过早地拥有这一切的少女，又如何面对它们呢？在情爱、酒精、约会中结束的少女时代，在这个世界里不是到处可见吗？

"哪里，不是这么回事儿。"她说，"我觉得去海外旅行，和男友交往，越年轻越好。心灵单纯，感触也大不一样啊。"

唔，这也是一种看法吧。可是，对他人的所有总是羡慕不已的我，听了她的话却无动于衷。可见自行车和藕田的魅力是不可比拟的。有一点可以直言，回忆中的色彩与现今的生活毫无二致，远不如全方位的风云变幻般的今昔变化更让人感到其乐无穷。

现在我能讲的只有这些。

床是男女的金戒指

十九岁时，我曾经有一阵子消瘦下来。

与异性结交的"那一天"的临近，使我忐忑不安。

某一天会让父母以外的异性看到自己的身体，这种预感既甜蜜又折磨人，它促使我积极地减起肥来。

肥胖是我该诅咒的家族无法改变的遗传因子。它开始侵袭我这个当长女的身体，以至于暑假回家，母亲看到我的腹部竟然诘问：

"我不发火。你给我说实话。这是怎么回事儿？"

虽说减肥效果颇为显著，可是，我那满是赘肉的下半身还是与众不同。今天或是明天·"有了那回事儿"的话，似乎难免发生悲剧。

真要是有那样的场合，我想好了，一定"要努力，战胜黑暗"，"尽量想办法躲开电灯的光亮"。

电影中常常可以看到，刚刚还在灯火通明的客厅里闹得不可开交的一男一女，不一会儿就会在暗黑的寝室里同枕共衾，委实让人不可思议。曾经那样疯狂般抵抗的女人，转瞬间就穿起了薄如蝉翼的睡袍，叫人百思不得其解。

尚无性爱体验的少女，对这种间接式表现的困惑甚于对男性的特征进入自己体内时是什么感觉的（我想到那时候总会做出对应的）想象。

"设想一下把电灯关闭，紧接着一瞬间，刚才还百般厌恶（或是故作此态）的我一点儿也不想逃离现场，反而静静地等待，这不是很奇怪吗？"

每天都想人非非，辗转难寐，对自己竟然如此缠绵悱恻实在感到羞涩不已。于是，我去问一位朋友：

"我说，你和他不是一起睡觉的嘛，由谁来关灯？"

"嗯，我后进被窝（那时候大家都是学生，谁也没有床），所以我关灯。"

"噢，那时，你穿着西服或是睡衣吗？"

"能穿这些吗？反正要脱衣服，最多穿件长衬裙了。"

话说到这个地步，内容一下变得具体了。情窦未开的我虽然不由得满脸通红，但还是不肯罢休：

"那，穿着长衬裙的话，让对方看来，不就像一开始自己就有那种欲望了吗？多害羞呀。好像在催促他'来，快上床吧'，让人以为当初就算计好似的。就是说，自己不能拒绝，'哎，不能这样做啊……'嗯，我的意思就是……"

"你说些什么呀。这有什么不好意思的？傻瓜。"

结果双方完全没有沟通。可是，自己那样企盼的事，事成之后是怎样一种感受？是令人心醉，还是让人失望？想知道这一切，这才是人之常情嘛。

好吧，我也不再掩饰地表白吧。女人们中间常有一个悄悄的话题："第一次自慰感觉怎么样？"一触及到这个话题，我就会蓦然想起一个词儿来：跳箱。学生时代上体育课时使用的那个跳箱。

我少女时代深受肥胖之害，不是缺乏体育神经，而是压根儿没有。即便是最低的跳箱，我也是绝对跳不过去的。这就叫不会掌握时机吧。我根本不懂得跳时"啪"地将臀部向前移动的诀窍。

　　我所上的小学，采用的是分组学习的教育方式。学习也好，体育也好，只要有一个人通不过，全组同学就得负责让这个人提高水平。所以，我所在的这个组的同学们，若是我学不会从跳箱上跳将过去的本领，他们就得受牵连。于是，班长他们在放学后不遗余力地对我进行个人辅导：

　　"真糟糕，真理子，你怎么就这么不会跳呢？"在班长的焦虑和反复的辅导中，天色不知不觉就暗了下来。我也感觉到那个当班长的孩子已经急不可耐了。

　　为什么别人都会，就我一个人不会呢？我心里焦虑极了。童心充满了深深的孤独。至今，我一想起那个跳箱，脑海中自然浮现出放学后冷飕飕的体育馆的情景来。

　　第一次和男孩子做爱，最先想到的就是这个跳箱。

　　为什么就我一个人不行？就我一个人没跳过去？实际的做爱对我来说，亦是如此困难的事情。

　　小说里常有这样的描写：

　　"一层一层被揭开的时间过去了。花子彻悟，自己献出了一切。"

　　"暴风骤雨般的时间已消逝，晨光在不知不觉中来临。"

　　我也受这些描写的诱惑、蒙骗，一直以为肯定会尝受到一种"瞬间而又永恒"的超现实的、神奇的时间感受。然而现实却迥然不同。

　　"什么时候这手应该松开呢？"

　　"哟，这个姿势会把我最大的缺点——突出的肚子暴露无遗。"

　　"啊呀，我这身子是不是太紧张啦。"

　　就这样，实际上把各种细节一丝不苟地都考虑到了。事完之后，说实话，我感到由衷的愉悦。可也从这时起，我彻底迷上了那事儿。好伤脑筋。

有时，出于我非常旺盛的好奇心，会细致入微地去观察男人和女人的胴体。白天，显得理智、冷漠的他（我从来经不住这种类型的男人的诱惑），在做那事儿的时候所流露出来的近似痛苦的表情、在黑暗中的有点沙哑而又柔情的声音，使我感到异常的新鲜，如痴如醉。

　　我把这种感受详尽地、更进一步说是颇具文学色彩地记在笔记本上。（说句多余的话，我生来性格大大咧咧。按理，为记录那种感受而买的笔记本，应该锁在抽屉里。也许是我独身生活的随意所致，竟然把它记载在平时使用的本子里，时间一长就忘了。把这个本子当作工作手册，随手扔进包里。在一次重要会议的中途，一打开，竟然满纸赤裸裸的记录，顿时羞得满脸通红。）

　　所以，直到最近一直交往着的男人，是个花花公子。我听到传闻，说他把与以往有过关系的女人的交往经历都作了详尽的记录。即便如此，我也没发什么火，只是有点感慨，男人和女人做的事怎么都一样。我想他一定经历过不少风风雨雨。据说尼赫鲁在给他的女儿英迪拉的有名的信中说："要记住，爱就是斗争。"我觉得把爱这个词的内涵引申开来，将性爱也纳入其中，肯定会更使人信服。所以那些经历过烈火燃情的女孩子，她们真是有非凡的勇气和挑战精神，实在令人折服。

　　像我这样的人会被认为是彻底固守贞操的女人。实际上我只是缺乏魅力。我不会和一个刚在歌舞町或是六本木结识的男人一起登上拳击台。只有当他对我多少有些钟情，在比赛时对我抖动的凸肚和犹如《食魔的饱餐》中的圆木般的粗腿并不在意时，我们才会在这场比赛以后，互相盛赞彼此的斗志，互相拭去滴滴汗珠。试想，这种心与心的沟通，难道会在刚结识不久的挑战者身上出现吗？直截

13

了当地说，我这个人没有那份自信，让我在新的挑战者面前毫不迟疑地脱去睡裙。我的朋友们也持这种看法。当我们观赏《写乐》杂志上演员森下爱子①的裸体照时，我问朋友：

"你瞧瞧，要是有这样的身材，我们会怎样？"

"问得真蠢！"她嚷嚷道，"要有这样的身材，我早就有无数情人了。"

在我的朋友中，她属于比较保守的。她尚且如此说，那女人们当然都是同样想法。我如释重负。也许因为我从事自由职业会这么想，那些和一夜情一样，在写字楼热恋的女性也真有过人的勇气。我在心底里感到敬服。

我在以往的一次次痛苦的失败中，关于交往对象的男友，总结出了三条，引以为戒：

1. 做爱后的第二天早上，没有必要再互相照面的男人。

2. 性格宽容的男人。

3. 视觉不佳的男人。

我总是想尽量与符合这三条的人物度过一个迷人的时光。可是，这样的人物终于没有出现。所以，尽管受到人们的嘲讽，我依旧一成不变地和同一个男人浑浑噩噩地交往到现在。这就是我的经历。

① 日本女演员，代表作有《美人》、《从天而降的一亿颗星星》等。

内衣富有戏剧性

我并不像别人所说的那样，是个追求奢华显达的人。我在家中的客厅里，躺在松蓬的长毛绒上，啃着脆饼，翻阅女性周刊，便觉得乐哉，乐哉！

我正读到"和男人分手的方法"这一页，咦？什么？什么？"打定主意与他分手话别的当晚，应该尽可能穿旧内衣去。"这句话说得好精辟。有哪句话这样深刻尖锐地震动女人心弦呢？难怪我怎么也离不开女性周刊。说得有道理！穿着反复洗濯、橡皮筋松弛的内裤，戴着泛黄的乳罩，再没有比这种时候的女人更显得贞洁不渝了。即使把寝室完全变成黑暗的空间，女人之心，就凭其穿着旧内衣这一点，也不会受到煌煌炫目的灯光诱惑的。从我的外表穿着，人们也许会不相信。其实，我身上穿着感觉舒适的昂贵内衣。关于内衣品牌，那个田中康夫先生说过一句名言："Triumph不行，Wacoal还可以。"可那位酷爱名牌的作家居然把平民穿戴的内衣套在头上的模样，叫人看了实在不舒服。

我可了不得。穿惯的内衣品牌是法国的Barbara。虽然还不是意大利的Laperla，但也是世界一流，附有鉴定书的产品。特别是一万三千五百日元一条的Barbara黑色乳罩，极其漂亮，恨不得把它戴在罩衫外面外出呢。做工非常精巧的褶边，显得分外性感。戴上它整个一天心情放荡，难以自已。挑明了说，我和这些内衣广告有点关

系，六折就能买到手。近水楼台嘛。不过，价值一万日元以上的乳罩，要么去做每天让人看内裤的行当，否则我这样的人可买不起。但是，尝到了一万日元一只乳罩甜头的女人，对日本一般价格为两三千日元一只的乳罩再也不屑一顾了。说得专业一点，设计的合身、侧边的吻合，两者给人的感觉有天壤之别。就像跟四五十岁的大款不伦的女人，再也不可能去和普通公司职员结婚一样。我已经不可能再回归到普通百姓的世界去了。

可是，最近我开始明白过来，女人穿上这种内衣，同时也把一种期待带给了自身，这可是个棘手的事儿。常常在法国电影中可以看到，男女一见钟情后，突然就出现房间中的床上镜头。这时，你没注意到，女人一气脱去外套，或是有人替她脱去时，她们穿的都是漂亮的内衣吗？以往我每每目睹此景，总是单纯地发出感叹："到底是法国电影，到底是法国女郎！"最近仔细一观察，发觉了个中更深层的意义。她们穿的内衣，实际上是非常不实用的。那带子又细又不结实的乳罩、褶边蓬松的短贴身内衣，即便是法国女郎，也不会每天这么穿戴。那些内衣只是在女人去和恋人幽会的夜晚才用，平时是和香水一起放置在抽屉深处的。

"因为那是电影。"这么一说，话题就只能到此为止。其实，女人身上的一切，都是非常实用的，唯有这内衣却是例外。女主人公和男主人公在夜色中的海边酒吧偶然相遇，这时，不管对方是谁，女方已经完全沉浸在想和对方做爱的气氛中了。因为男人向来纯情，看到有个女人对自己一见钟情，自然而然地最后会把她带到卧室中去。但是，女人的内衣暗示，做女人的并非真是如此痴情。

女人在自己不知不觉、也不知道会和哪种男人邂逅之前，当她在穿上内衣的一瞬间，春情已开始萌动。如此一想，就会理解那些热恋主题的电影，在它刚开始的镜头中似乎就已经埋下了意味深长的伏笔了吧。女人是有那份心思才穿那种内衣，还是穿上那种内衣才有那份心思？女人和内衣的关系，其难解程度丝毫不亚于母鸡和鸡蛋的关系。可是，女人有时会自己也莫名其妙地心神不定，有时会毅然决然地挑选花哨的内衣。这时，女人也许就朦朦胧胧地预感命运将会发生的一切。对这种内衣的神秘感，男人们好像了如指掌。所以，到女人房间拜访的男人们，总是对藏衣柜兴味十足。在很多场合，抽屉里放得满满的内衣要比穿在女人身上的内衣，更令男人们心荡神驰。

细细一想，对女人来说，还有什么地方更让她煞费苦心呢？

"我按颜色把它们排列得整整齐齐，体现出内裤色彩的浓淡变化。"

往日，我在杂志上读到松任谷由实的这段话时，被深深地打动。我把这事儿告诉给朋友，朋友回答：

"嗯，我是按照花样排列的。第一层水珠花样，第二层花卉花样。你瞧瞧。"

她一下拉开抽屉。果然，每个抽屉排得满满的，好花哨亮丽。

"真像百货公司的内裤柜台呀。"我赞叹道。可是，朋友一点儿没有高兴的表情。这是为什么呀？

内衣看来是自我满足的最高境界。哪怕只是收放，也会使女人着了迷似的心醉。女人真了不起。

转个话题。我在中国还因这内衣，做过友好亲善的交流呢。

四年前，我从东京去上海旅行时，有四个女性朋友各送了我一条内裤，以作钱别。当时，我们都时兴谁去国外旅行时，就赠送内裤。怎么样？够时髦吧？

大伙儿采取的方针是："挑选平时自己不会去买的式样。"这样，选的内裤全都花哨得出奇。出于各人的个性，有的选了粉红色带吊绳的比基尼。有的选了周边是紫色花边、中间镶着人造宝石，艳丽得连土耳其风俗浴小姐穿的短裤也大为逊色的样式。总之，非同一般。

就这样，我把这些内裤装在旅行箱里，心中揣着朋友的情谊，飞往中国。

出发后第四天，在上海的旅馆中，我遇到了一件事。

那天，我从外面刚回房间，不由地停住了脚步。房间里有个男人，是个穿着白制服的老年服务员。他正在打扫。原来是这样，我放下心来。同时，又觉得自己做了一件尴尬的事：我把两三条土耳其式样的内裤洗了，晾在浴室里。

"这大概有点过于刺激了吧？"我这么思忖，走回房间。这时，男服务员露出牙龈，笑嘻嘻地说了一句："piaoliang。"（漂亮小姐的意思！）

"piaoliang……piaoliang……"他说着，手指指的却不是我而是浴室。

我整个身子仿佛要瘫了下来。

"piaoliang……piaoliang……"

看到我的内裤如此高兴，这样的男人此后终于再也没有遇见。

丸之内①为何靓女多

在我的朋友中，有不少女性把"JJ女孩"视作天敌。那份憎恨可谓炽烈。

有一次，我带着一个比我年纪小的女大学生参加某个聚会，大家很露骨地对她嗤之以鼻。

"这么可爱的女孩，你们为什么这样待她？"我不解地问。

"光这副打扮就叫人不能忍受。"

我受到了指责。

是这样吗？烫成卷儿的蓬蓬的头发，身穿A.kubitts的上衣，配着裙子，显得好纯洁可爱。我可是挺喜欢。但得悠着点儿，因为我是个暗地里的"JJ"迷。要是痛痛快快地表明这一点，我恐怕就要众叛亲离了。可是，漂亮就是漂亮，岂能违心而论？

总而言之，我一读《JJ杂志》，就不由地深为感叹："日本真是有钱人多，有福气的女子也多呀。"

我特别喜欢卷首的特辑"我喜爱的服装"。这一栏目中，什么"与父亲去欧洲时制作的君岛一郎设计的晚礼服"啦、"在家招待朋友时的Guy Laroche连衣裙"啦，登载了很多这样的内容，读来饶有兴味。而且，作者们长得丑则另当别论，个个都是长得模特儿般的俏丽匀称，交际的又都是些名门子弟。这样的大好事根本不会落在我们这些人头上。如此一想，更加羡慕不已。

---

① 东京车站附近的商务街。

最近，我结识的一个设计师结婚了。我周围为数不多的独身男子就这样又少了一个。他选的是大名鼎鼎的某大公司老板的千金。

我的贤母马上打来了电话："过去呀，这样的千金小姐都让呆在闺房，不让出去工作。可如今，这些女孩纷纷到社会上来，把你们的地盘都抢占了。真作孽呀。"

是这样啊，妈妈。JJ女孩永远是男人们的偶像呀，我们无法匹敌。偶尔有男人说："喜欢有个性的女性。""我对大家闺秀没有兴趣。"我对这些话都不太相信。因为我知道，真正的女权论者实际上对女性最保守。

"当学生的时候，没钱，到店里打工。女大学生络绎不绝地来，看了叫人眼花缭乱。妈的，要是现在啊，我绝对把这些女孩搞到手。"这种男人的告白才是可信的。如今，度过优雅的大学生活的大家闺秀们都在社会上抛头露面了。我想像我这样懒散的人，若父母是富翁，叫我别工作在家待着，我会大喜过望，"帮忙做家务"。可是，这种想法未免浅薄。

我们继续来读《JJ杂志》的报道："今年从上智大学毕业的某某子，在某某商社就职。工作的内容是海外成套设备科的助理。她工作劲头十足，说这个部门充分发挥了自己的英语特长。周末两天，某某子主要玩高尔夫球。为了和公司的男同僚搭档，正在热心地练习。"好潇洒！能这样生活，去公司工作比待在家里好多啦。优秀的职员随你挑，而且没有一个不是精选出来的名门子弟。还有工资好拿，不愁没有游玩的钱花。反正在外面大都是男人掏腰包，给家里一万日元做伙食费也差不多了吧。

真不错，真不错。若是可能的话，我也想重设人生，先做个名门大学的女大学生，再做一个名牌公司的办公室小姐。身穿paris的上衣，手挎Courreges的小包。包里放着DO口红，三四块熨得挺括的手帕。真想过这种美好的日子啊。

她们实在是聪明人。人们指责她们没有个性，因循守旧。可是她们完全懂得男人喜欢怎样的女人，追求哪一种美。何止是懂得，她们自身正在体验。

她们和我们这些自由职业的女性形成鲜明的对照。我们比起男人的目光，更优先注重自我的主张。发型一阵子是冲天式的，一阵子又削成短剃式，比谁都赶潮流。"这就是我。你对这不中意就别靠近我。"在她们中间没有这种目空一切的人。她们人人熟谙讨众人喜欢的诀窍，这才叫不容易。

我想，我要是重新设计人生的话，也许也能走她们相同的人生道路。可是，结果，我走了一条和她们完全不同的路。走了一条和她们相反的路，不知为何。

留心观察，生长在同一时代的日本女孩，在形态气质上却出现本质迥异的分化，这怎么想也觉得不可思议。

丑女遭贬也无奈

不知为什么，丑女往往性格特别开朗。也不知为什么，我对丑女感到很神秘。这一定是从幼时起就一直聆听母亲的教诲有关。比如，"什么叫漂亮的女人？就是指有一颗纯洁善良心灵的人"啦，"总是乐呵呵的，就会养成众人喜欢的性格"啦。今天细细回想，母亲还曾让我阅读过这类内容的儿童画册。虽然，我未曾直截了当地问过她，或许，她从我幼时的长相上省悟到了什么。

那么，如此受到母亲孜孜不倦教育的女孩子们成长起来以后，会变得怎么样呢？当然是极其啰嗦的丑女喽。

她们是为数不多的人种，至今崇尚"个性"。为了从中得到拯救，以至于常常若无其事地做出些怪诞的举动来。在酒吧里，突然，把麦克风夺在手里，模仿起名人的举止动作来，尽管模仿得毫不相似。做出这些举动来的几乎都是丑女。不信你好好观察。

丑女有时会突然地消沉。因为她们察觉到，自己为他人做出种种奉献，而世上，什么也不用付出却受人青睐的女人比比皆是。她们觉得太吃亏。虽然在丑女的神话中，有"脸蛋漂亮的女孩心眼坏"这一章，可是，她们看到有不少女孩并非如此。于是变得焦躁不安。

丑女的嫉妒心特别强。这种妒忌常常并不朝着美女们，而老是向自己的同伙们发泄。在丑女中间，不是偶尔也有运气好的，和比较帅的男人结婚或是未婚先孕的吗？这下可捅了马蜂窝了。她们散布

22

出种种流言蜚语：

"到底是床上功夫好哇。"

"她爹妈有很多地皮，狠狠心拿出了好大一笔陪嫁钱呢。"

恕我突然改变话题。我初次见到那位田中康夫先生的夫人，吓了一大跳。从那以后，我稍稍改变了对他的看法。你看到了先生本人就能明白，瞧他那病态似的短腿，一米四五十的矮小身材。所以他夫人的模样与他挺般配。可不该有丝毫偏见哟，丑女们。

因为丑女们的情绪极不安定，难怪周围的人会马上对她们觉得疲惫，自然也就敬而远之。到这种程度，我对她们还是相当同情。可是，对于最近出现的"超时髦丑女"实在觉得不可救药。

近日，友人带我去了原宿的会员制迪斯科舞厅。有不少文艺圈人士、穿着入时的人在那里乱舞。这时，我遇见了两个恶魔般的女人。她们留着最新流行的男式短发型，化妆也很新潮。嘴上涂满了近似黑色的唇膏，两颊抹得通红。穿着夜总会"StudoV"式的迷你裙，露出一副娴熟而又很无聊的神色，抽着香烟。

"以毒攻毒"是个很不错的想法。可是，恕我直言，把"丑女"包装得光彩照人反而令人发怵。不管是哪个女人，都有"被人爱"、"引人注目"、"突出自我"的欲望。可是，这一切到了丑女身上就让人刺眼不快。你说是为什么？因为"身份不相称"啊。那些个人也许至今仍然信奉从老师那儿学到的"人人平等，均有享受幸福的权利"这种思想吧。

我幼年聪颖，十岁时就看穿了这种欺骗。我想起小学时代那些长得像洋娃娃似的同窗，譬如，留美子啦、广美啦、幸江啦，她们都受到老师们的偏爱。郊游时，她们和老师们一块儿吃饭团。连我也一样，与其和被称为学校第一丑的一美说话，更喜欢到留美子边上

套近乎。她穿的花连衣裙、弹钢琴时的嫩白的手指叫人瞧得入迷。所以我最清楚老师和同学们心里的所好。我都如此，想必他人也一样。幼年的我真是聪明。那股子冲劲儿一直保持到现在。看到美女们受到世人的青睐，我心悦诚服。相反，看到丑女们争出风头，又笑又唱，觉得不堪入目。

"我呀，很粗野吧。就是喜欢直来直去。对了，人们都说我真是个有趣的女人。哈……"

听到这种话，我觉得又凄惨，心里又来气。更有甚者自暴自弃地称"因为我是个丑女人"。这样的女人还是死了的好。她本人没有意识到，她嘴里自称丑女，实际上却在百般献媚。"我是个丑女人"这句话背后藏着更多的意思：

"不过我的心地很善良啊。"

"我很谦虚吧。"

"我的性格十分开朗。"

我是不是说得太过分了？看来有人要追问，丑女怎样生活才好？我的回答是，首先把你"活得要有个性"之类的话抛掉吧。丑女最适合的是普普通通的生活。不抛头露面，不强调自我。脸长得不普通的人更要领会"普通"这句话的精妙。并且绝对不要去穿"一生"、"WISE"之类的不普通的服装。

在《装苑》、《主妇之友》杂志的附录里，常常开辟"适合各种体型的时装"栏目。作为媒体的责任，还应该策划"适合丑女的时装"栏目。给人印象不错的丑女，社会会对她更宽容。

贪婪会破坏恋爱的余味

浑身一轻松。折磨了我一个星期的便秘被服用的大量药剂制伏了。我充满了舒适而又幸福地久久凝视着如此大的量。要是有个可以毫无顾忌的丈夫在身旁，我真会喜不自禁地对他大声喊道：

"你瞧瞧，你瞧瞧呀。"

叫人快活又叫人伤心的DABIAN。

突然间，我不胜感慨，随手压下了便器的把手。水流与平时截然不同，泛着水花流走了。

"谢谢你，A。"我不知不觉地嘟囔着，叫着从前恋人的名字。他对排出如此大量的排泄物的我，曾经说过"我爱你"，还拥抱过我。真心地感谢你。就像方才充斥着便器的DABIAN一样，我心中充满着对他的感激和内疚之情。

我总是这样，对已分手的男人，不论是谁（这么写，看起来好像数量很多，好得意），从不忘记保持好的心态。不过，在这世界上，可不是所有的女人都像我这么友善。

譬如，我的朋友K子。她就出言不逊地说她的前任男友是"有生以来碰到的最坏的男人！"把她告诉我的内容整理出来，就是那个男人好几次死纠蛮缠地半夜打电话来，威胁说："我现在手里拿着刀子，杀了你，我再去死！"

我是个顶喜欢戏剧性事件的人。对有这种经历的女性不胜钦慕。

最后，K子说："我害怕极了，一直叫S（现任男友）来陪我。最后叫他们俩男人之间把事情了结了。"

我真想对K子说，你可以住口了！前任的男友居然挥着刀子，逼你重归于好。这对于后任男友，难道还有比这更有特效的表演效果吗？K子长得也不能算特别美，但是属于通常说的痴情女这一类。娇小清秀的容貌颇有几分姿色。虽说不一定弄到让人挥刀霍霍的地步，和男人有关的话题在她身上还真层出不穷。

大体上女人有两大类。一类像K子那样，在情色恋爱上出手非凡。还有一类像我这样的凡人。我乡下近邻有个开拉面店的大娘，完全属于前者。都快四十了，还和一个年轻小伙子私奔。最后和这个小伙子分手，和老公也离了婚。可是，三个月还不到，她又嫁给了另一个男人。

记得母亲对还是高中生的我谆谆教诲：

"和男人做了一次那样的事，就会一发而不可收。不过，要是一次经历也没有，那也真窝囊。"

那时，我们家隔壁，住着三十出头还没有结婚的表姐，母亲的那席话恐怕是指她而发的。可谁也没料到，这席话结果预示了自己爱女的未来。

我真的没有魅力？当我独自思忖，"为什么我就这么没有魅力"时，有个男人对我说："要问什么原因，本人早该明白了吧？"真得感谢他回答得这么透彻。

说到底就是我没有一个现任的男人，可以做结识下一个男人的跳板，或者说是抛砖引玉。这是我失败的最大原因吧。男人就像纳豆，抓住一个之后能哗啦啦地带上一串来。可我连一颗"古里克"糖果都没有。尽管如此，作为女人活下去，总会遇上两三个人的。因为像我这样的情况纯属少见，所以想方设法攫取，结果适得其反。在爱情、金钱、时间上，两人都能保持平衡，这才称得上恋爱。而我却始终是一方"掏腰包"。好几次愤愤不平向对方说"再见"，可到头来还是被男人笼络过去。话说回来，当我面临绝境的时候，一直潜伏在我内心深处的强烈的贪婪会喷薄而出。恕我赘言，我是个极喜欢戏剧性的人，我会久久地陶醉在濑户内晴美的气氛中难以自拔。

我哭泣，呼唤，重新振作，想方设法重归于好。于是，又开始和对方交往。可是，我的处境对我越来越不利。开始时，对方大话连篇，摆阔请客。不久便变成两人平摊。最后理所当然地由我买单了。最终，周围的人问我，你对那个男人真是那么倾心吗？可以说是，也可以说否。只是因为我这个人病态般地怕烦（追求男人时又当别论）。叫我重新再去和别的男人交往，发展关系，直到上床，我觉得烦不胜烦。不是经常可以看到这样的情景吗？虽然男女双方都心猿意马，彼此仍在喝酒聊天，寻找挑明的时机。这种情景折磨人。况且，喝酒时，男人心里当然已在掂量，忽而欲火中烧，忽而又觉得"这女人不怎么样。今天就喝喝酒作罢"。这副瞻前顾后的模样，我是不屑一顾的。这还不如和情投意合的男人卿卿我我来得轻松潇洒。虽然彼此都知道这样比较因循守旧。就是说，我对男人的贪婪，就像小孩决不肯放弃陈旧的毛毯一样。贪婪加上怠惰、被虐心态，三者混成一体，使得我离佳人的标准越来越远。这样，对男方来说，若干年后，想起我来，当然不可能充满美好的记忆。但是，女人活着并不是为了今后的记忆。假如现在有理想的人选，哪怕披头散发，我依然会紧追不舍。

事后的表现是爱的试金石

我说过多次，我是个嫉妒心极深的女性。嫉妒深不外乎占有欲强。所以，虽然机遇极少，偶尔碰上运气，得以恋爱时，总是疑神疑鬼。不时地打电话，打听对方交际圈的情报。这一直就是我的恋爱方式。

要说这打听情报，因为职业关系，我最拿手。了解最近与对方有来往的女人姓名，岂不易如反掌？首先，看对方交往的是哪些人，列出名单。然后，借口"正好到这附近来"，个别邀请她们一起喝茶聊天，这亦是轻而易举的事。

"最近，我见了A（男人的名字）。"我装作若无其事地打开话匣。

"噢，他呀……"

"他不是个感觉很不错的男人吗？就是好像有点儿任性。"我略微指出些缺点，故作不知详情。

"不，他可不是个好东西哟。据我观察，他一定到处在拈花惹草。"

对方知道我爱打听风闻闲话，作为请客喝茶的回报，总要提供几个有点儿吸引人的情报来。

"说不定真有那么回事。对了，听你这么一说，我倒是听说，A最近和那个××小姐打得火热呢。"

"噢，那个××小姐是什么样的女孩？"

28

"详情我也不知。都在传她给A迷得神魂颠倒。前一阵子，两人的关系好像已经相当亲密了。"

女人的心哪，真不可思议。男人太有魅力，她要犯愁。男人没有魅力，她又要犯愁。每一个女人都希望自己男人介于两者的微妙平衡点上吧。

言归正传。如此这般了解到××小姐的姓名，该在什么时候派上用场呢？我往往是在出于对男人娇嗔而引发的争风吃醋时使出这个杀手锏：

"是呀。我是不像××小姐那样老实。"

这时，看到对方惊慌失措的样子，心里煞是快活。

"不是那么回事。那，那只是因为工作上有过几次接触，什么关系也没有啊。"

也正是在这种时候，我彻底了解了女人受男人欺骗时的心理。偌大的男子汉，为自己竭力粉饰的窘态，倒也委实让人怜悯。

"可是，都在传你们俩已好得如胶似漆啦。那个××小姐听说是个大美人儿？"我紧盯不放。

"没有的事。她厉害得要命，我才没有那份心思呢。"

话说回来，为了确认自己是否被男人爱，而百般贬斥另外的女人，这完全出于女人特有的占有欲。实在是罪过，阿弥陀佛。

可是，说是确认，我自己并没有真正想了解事实真相。只是为了知道而追问，这样说更为妥帖。换言之，它近乎性交前的爱抚。常有些女人忧心忡忡地觉得男人的心思猜不透。那是撒谎吧。狡狯而又敏感的女人把赌注押在恋爱上，怎么会不懂男人的心呢？更何况只要有一次"上床"的经验，早就找到答案了。找到好答案的女人，把它当作蜜糖，百舔不厌。找到坏答案的女人则在半夜三更打电话

给她的朋友，希望他人鼓励自己，再接再厉。真正"上床"了的话，你就明白了这一切，你想知的一切尽知。不过，要指出，这个"上床"，并不意味着云雨交欢之时。那种行为本身几乎不会因人而异。男人们都会在其时表白"我爱你"，"我好喜欢你"，这只是出于一种本能。所以，当女人的大可不必闻之过喜。突显差异的是在情爱的高潮之后，男人作何表现。是懊悔不迭，如同肉团瘫在床上，还是变成益发可爱的恋人？据此可以判断男人此时此刻的内心世界。

事完之后，蒙上毯子，背对着自己呼呼睡去的男人这一方且当别论。一般女人这方究竟受到何种礼遇呢？

"唔，一般是抽烟。"友人U子回答。她的男友平时非常讨厌她吸烟。唯独在那种时候作为奖励会递上一支烟，并且给她点上火。其他比较正统的回答是，抚摸自己的头发，让自己枕在他的手臂上，等等。其中也有别出一格的，男友横躺着，不厌其烦地替留着长发的女方扎小辫。

变态性爱加上平安风格，善哉善哉。若叫我从自己屈指可数的经历来说，第二天能和自己在厨房共进早餐的男人大致也是可以信赖的。当然，正在婚外恋的人们又当别论。在情人旅馆附近的咖啡店，彼此不无寒碜地剥着早餐优惠的煮鸡蛋。可以断言，这样的男人百分之百地落入了情网。男人在女人房间过夜，又在那儿吃了早饭才回家，就意味着他在回家后的整个一天里，会把你揣在自己的心窝里。之所以这么说，是因为此时的早餐，犹如女人用心良苦的集中体现。将如今只能在一流的宾馆才能品尝到的纯日本式的套餐，摆到男人面前，让他大吃一惊。然后在此时，好生观察男人的举止反应。

"我说你呀，真是个家庭式的女人。"这话虽是旧式的褒扬，却是对你为他做出的辛苦所表示的感激之情，应该接受这种诚意。

若是男人提议，"待会儿去哪儿？一块儿上银座吧。"如此不妨陶醉一阵子。

男人出门以后，整个上午显得慵倦漫长。女人把餐具泡在水里，听着唱片。这时，电话铃响，没接之前已经知道是谁。

"是我，现在在公司。打个电话，想知道你现在干什么。"

"正在洗碗呢。(这时的女人，最想体现出生活的气息。)"

"我忘了说了，Thank you。"

"别客气。"

"今晚怎么打算？"

"没有想好呢。"

"那待会儿再打电话。再见。"

这种光景，正是我最理想的男女小别。

男人的诚意要看他在事后的整体表现。就像销售打火机、圆珠笔的公司，推销时的巧语花言是不足以信的。

让男人替自己购物的女人当然让人羡慕

对男人没有魅力的不利点是什么呢？变得乖僻、不受同性的尊重等等，不胜枚举。在物质方面差别也非常大。在我的女友中，有好几个人相信，男人生性是会给女人买东西的。我以为这种自信近乎天真。

"昨天，在旅馆的卖品部里，看到一枚好漂亮的胸针。我知道是发薪水的前一天，还是让他给买了。嘻嘻。那家伙脸都变了色啦。"一个女友如此说。

哟，好让人嫉妒噢！我作为女人，在漫长的人生中，什么时候有男人替自己买过东西呀。说来，大学时代倒是有过一回。男友说，打工的钱到手了，替我买了个藤编的小包。俩人去看海回来时，路过横滨中华街买的。确切的价格是一千日元。

对我来说，能让男人替自己买东西，那可实在是破天荒的大事。从他当时的表情到钱包的颜色，至今记忆犹新。当时真是喜出望外。那用藤编织的包用了很长时间，直到它的把手掉落。很陈旧了，还把它用来放置内衣，十分珍惜。最后舍弃是在搬家时，还是在听到他结婚的消息时，已经记不清。

说来不怕丢人，在我的记忆中，让男人替自己购物，除了那次，再也没有第二次福分。也许有人会说："虽然男人没再买东西给你，可人家请你吃饭，不也该满足了？瞧见你那狼吞虎咽的模样，一般的男人谁还有胃口再替你买东西？"

可即便是在MAXIM'S请客，请客终究是请客，自然也觉得难得，可是没有那份甜蜜的喜悦。诚然，好几次得到过一些小礼物，终究没有"别人为自己买"的激动。让男人替自己买东西的行为自身，散发着性的气息，弥漫着女人淡淡的晦涩傲慢的氛围。

与男人并肩伫立在夜色中的商品橱窗前，女人软媚佯嗔，让对方替自己购买称心的东西。虽然自己没有这种体验，想必感受一定是非同一般的。那么，购物完毕，两人自然又会有特别的举动，这可以想象。

我非常年轻的时候，那是非处女较为罕见的年代。在那个年代里，从朋友处听到的是，女人在交际中不越过爱抚这条界线，有人若说"我最终没失去贞操"，她会受到人们的尊敬。当时真是这样。在那种气氛中，比我大两岁的M子，她已经踏上社会。在我的友人中，她是屈指可数的体验者。这使不谙世故的我感到格外的神秘好奇。我盯着她的身体，好似看待一个珍奇的动物。还不断地提出问题：

"你讨厌蛇吗？"

"那还用说。"

"这就怪啦，书上写着，有性体验者不怕蛇。因为蛇是男性手淫的象征。所以处女才特别害怕。我还问你，看到头上尖尖的东西，你会联想到什么？"

对方对我这些荒唐的提问竟也没太在意。现在想起来，当时我没少被众人取笑。

恕我把话扯远，我对非处女感兴趣的同时，对非童贞（有这个词儿？）的探究也煞是热心。并且，当时获得一个知识是，丧失童贞

得花大钱。同年级的男孩儿曾告诉我，"和女人玩一回得花一两万日元呢"（当时的土耳其风俗浴还不大流行）。听到这么大的花费，我大吃一惊。他的话使我感到深深的悲哀和同情。就在第二天，我遇见了M子。她喜不自禁地说：

"他拿到奖金啦。"

原来如此。

"他说了，到哪儿去吃一顿。我说还不如节省下来，给我买条连衣裙。瞧，花了八千日元哪。"M子说。

我当时听了很信服。用"恍然大悟"这个词来形容最合适不过了。

"原来是这样，我明白了！"我叫了起来，"细算一下，好便宜啊。不是就等于买两条连衣裙么？"

打那以后，M子和我一直处于绝交状态。一个不了解男人的女人，她的无知有时会让她若无其事地讲出极为残酷的话。这样的性格使我终于没成为能叫男人为自己解囊的女人吧。

又过了十年，我有幸有了与M子同样的机遇。不知为何，始终无缘让男人对自己有所奉献。要是银座的那些女掌柜的话，每次都能让男人为自己买上一枚钻戒哩。同样身为女人，同样的机遇，为什么有如此天壤之别呢？

当然，与银座的女掌柜作比是错误的。可同我一样，在容貌上、技巧上不相上下的普通女人，她们都能让男人掏腰包，为什么我就没这福分呢？真是气不打一处来。

写到这里，我领悟到，我长的模样也是没法让男人替自己奉献呀。这不，就自己独自一人出去购物，也问题百出。最近，我刚领教了"POLO"专卖店店员的奚落："再没有比这更大的尺寸啦。"

我更没法叫男友一起去伊势丹的"COLVER"专卖店。要想在那儿买皮鞋，两人非找得汗流浃背不可。要买首饰，五个手镯有三个手伸不进去。如此体型，如此缺乏自信，这一切把我打造成了一个恭谨的女性。话说回来，能叫男人替自己买东西的女人形象，个个都窈窕纤弱。反复思忖之际，蓦地，那些职业女性的高档皮包在我眼中突然显得淫猥起来，令我不禁赧颜。

不要太欺负女人

要说这世上，什么最猥亵，莫过于那些熟悉男人、对处女优越感十足的女人了。

要是有一个不谙世故的女孩子在，她们就会互相窃笑：

"真没办法，她毕竟还是个处女呀。"

这情景让人看了都觉得讨厌。反之，处女因为好奇心比较强，当她提出一些天真幼稚的问题来时，那些女人便不厌其烦、滔滔不绝地接过话题，甚至不惜挑唆："你怎么还不把处女抛弃？"

如今的初中学生、高中生感觉就像跟种牛痘似的，都急于和男人上床。毋庸置疑，这状况绝对是由一些先熟知男人的同年级同学提供了大量的信息造成的。让她们急不可耐的另一个原因是时间。她们最害怕的是，如不早早地拥入男人的怀抱，青春这个魔法就会转瞬即逝。到时候不就得不到男人的钟爱了吗？此外，她们还觉得该丧失处女的适龄日益逼近。而这个年龄是由她们自己设定的，十六或是十七岁。当然这种设定毫无科学依据。但是，这些少女由于她们的幼稚、纯朴，总是力求遵守这个年龄标准。

我最初所说的处女，并不是这些少女，而是年龄稍大、对男人和性爱日益了解，但仍然是处女身的那些女性。

十三四岁的少女不知道男人的事是极其自然的，总觉得处女这个词对她们并不合适。处女这个词应该是多少带有任意色彩的。

那是很久以前的事了。我第一次和男人做爱，当时我兴奋不已，一个劲儿地给朋友们打电话。我拨通的是那些和我的昨天一样都是处女的女友。现在想来，这个举动非常具有暗示性。但细想起来，它完全出于一种潜意识，这种反应一定是最有意思的。

我把事情经过告诉朋友后，她们在电话中都倒吸了口气。显然都吃惊不小。这也正是我最期待的反应。如果是已经有过这方面经验的友人，就不可能作出如此反应，一定会不当回事地回答："哟！真的和那个男人？这不很好吗？恭喜啦。""感觉怎么样？不错吧？嘻嘻。"

"唔，反正好紧张喔。我想问问你，他呀，当时……"

如此交谈下去，随着话题的具体，也会越来越有趣。但是，我却感到不满足。因为我期待的是对方更大的吃惊。在这种时候，如果是处女的女友，如我所预想的，她听了以后，会缄默许久。这有一种紧张感，令人惬意。这世上还有比让人震撼更有快感的事吗？

"我觉得真理子真的喜欢他也未必不好。可是……"对方沉默了一会儿又道，"你不可能和他结婚的吧？可别叫人给骗了……"

"我喜欢，我不会后悔的。"

"我觉得还是不应该和不准备结婚的人做那种事。"

"是吗？我只要当时幸福就行。"

女友所讲的话，实际上正是以前我曾同样讲过的。了解男人，它确实让我昨天的价值观发生了一百八十度的大转弯。这种体验在一生中实在颇为难得。在这震撼的瞬间，我只是想直接和女友见面。为此，我情绪激动地在深夜拨通了她的电话。我抑制着羞怯，记录下了一个女人刚了解到的男人的自私、猥亵的心态。现在回想起来，了解男人真的是那么了不得的事吗？

　　我还有一个女友，比我大几岁。结婚不到半年就离了婚。也许说得有点过分，我和她以前都是"处女伙伴"，对那些放浪不羁的女人是冷眼相看的。

　　"真是气死我了。"她对我说，"我对他那么期待，可结果一点意思都没有。真理子，你还是绝对别结婚的好啊。什么结婚呀，比生理棉球好不了多少。"

　　我倒是觉得比起所谓的棉球来，实际的体验相当不错。不过，想说的体会全对朋友们说了，再也没有什么值得兴奋冲动的材料。了解男人实质上只是"自我满足"。没有比这更好或更坏的内涵。尽管如此，为什么有那么多的女人，只是因为有了性伙伴就那样欣喜若狂呢？就是这些女人，她们老喜欢和他人商讨自身的私生活。她们过高地评价了"性爱"，所以，也为此付出了太多的代价。听说每每这种时候，我的那些朋友就会不屑："这种事儿比去洗土耳其风俗浴稍强些。"

　　这时，大多数女人都会很不高兴地挂断电话。咒语似的把这种情爱称作"比去洗土耳其风俗浴稍强些"，使得一般所谓的爱顿时黯然失色。这实在不可思议。

　　到我的住处来相会的男人亦如此。他不用花任何代价就能够满足欲望，而且同时还能得到爱，外加刚烧好的洗澡水和啤酒。有时还附带早餐。我叹服朋友的咒语一语中的，同时我又感到全身微微发冷。

　　能如此截然否定这种情爱的男女恐怕并不多见吧。口头上嚷嚷什么恋呀爱的，充其量就是这种程度的事而已。也许因为时常有一些女人意识到那只是逢场作戏，所以她们要欺负处女，以作发泄。

美少年属于大家

哇！今天真是个大好日子。

明君带我去吃了河豚。还有，你知道吗，和我们同行的还有谁？是角井！他可是个长得很帅的设计师，在同行中赫赫有名。遗憾的是不能让大家看到他的照片。他俩都是年轻的帅哥，宛如燕子花、菖蒲，水嫩欲滴。（赞誉帅哥，语言就变得古典式了。）以至于仲居君好几次问我：

"今天怎么回事？英俊的小伙子都集中到一块儿了。"

得想办法把今天的好日子保存下来。我一边说，一边咔嚓咔嚓地把他们摄入了镜头。不过，我可绝对不是世人所说的那种"注重外表"的人，而且对自己也有自知之明。所以我讲究实惠，喜欢丑男人。不过，说是丑男人，若与我的嗜好背道而驰也不行。简言之，我喜欢的是那种男子汉式的丑男人。同样是丑男人，那种肥胖臃肿，一副孩子脸，简直要把我当成男人的人，我整个身心是无法接受的。且把讲究实惠搁置一边。和美少年或美青年们在一起，我是极其喜欢的。和他们走在一起，会时时遭遇女士们瞥来的视线。我很向往身边有三四个这种水准的帅哥儿。

这类朋友中，大竹君是个佼佼者。他在宾馆当服务员，长得一派风流倜傥的模样。要是和他一起走进咖啡馆，那些刚才还在叽叽喳喳嚼舌头的女人会顿时鸦雀无声。他有着服务业的男人特有的清秀，

剃得齐齐的鬓角露出淡淡的青色。双眼皮大眼睛的男人总给人一种不信任感，而大竹君的双眼则细长秀气，明澄有神，给人印象极深。他比我小两岁，已经二十六了吧。刚认识的时候，他是个名副其实的美少年。如今，就像胡子渐渐变浓一样，他越发出落得像个堂堂的男子汉了。恰如贝斯康丁时代的阿兰·德隆。而我呢？就像"小树林"里的老大娘，眼角也有点儿下垂。

"大竹君真是个帅哥呀。"我毫不羞怯地注视着他。

周围的人都以为我把大竹君"搞到手"了，其实不然。我和他保持了纯洁美好的关系，这符合他的楚楚风范。

"我在想，你应该改变一下方针啦。"有一次，朋友这样对我说，"你总是喜欢比自己大的坏男人，结果常常被弄得哭哭啼啼的。到这个年纪，改变方针，和年纪小的美少年交往交往怎么样？你是个能干的女人，人们都说你是这个行业的大屋政子。何不就此做个女资助人来支配男人呢？"

开什么玩笑！美少年偶尔见见面可以，要是一天到晚在一起，我不烦才怪呢。

太俊秀的男人会让女人伤心，大竹君所以也不结婚。每次我约他出来，他总是呼之即来。就此看来，他可能没有女朋友。当然啦，能和大竹君毫无顾忌交往的女人也屈指可数吧。可能性也许不大。很长时间以来，我时常以为大竹君大概还保持着童贞。因为我想这么帅的男人是不会去爱女人的。说实话，我还以为他是个同性恋者。他让人觉得这条神秘而又悲剧性的道路才是他的合适选择。

"可怜的大竹君。"我对他表示同情。我今后肯定是个老姑娘的命，大竹君也会悄然走一条与传统相悖的人生道路。这样未尝不可。肉体、爱情并不意味着男女间的一切。我会和大竹君始终保持不可思议的美好关系，直到我离开这个世界。独自沉思到这一步，眼前倏然展现出一幅美丽的图景：修道院的庭院，樱花凋落。我和大竹君伫立着，虽然都衰老了，但他依然风姿俊秀，光彩照人。而我则已是冰清玉洁的老妇人，依偎在他的身旁。超脱了世俗的一切恩怨，美好的时光如梦幻般地横亘在俩人之间。这不就是歌剧"Milanode-Bergerac"的世界吗？

我喜不自禁地给他打了电话。

"喔，我和林真理子站在养老院的庭院里？ 对了，不是养老院，是修道院……这也许有可能啊。因为我一辈子不打算结婚。"

大竹君的一席话让我怦然心动，欢喜不已：

"哟，怎么回事？你大竹君这样一表人才不可惜了吗？"

"我没有自信让女人得到幸福。"

太好了！我欣喜若狂。大竹君真可谓美少年的楷模。我抑制不住兴奋，邀请他第二天晚上一同去喝一杯。我仿佛着了魔似的又邀请了他人。这种愚蠢的举动大概是想炫耀大竹君，这个将和我共度人生的友人。

"哟，好帅的男人！"和大竹君初次见面的友人的这番话近乎令我不大自在。不过，刚开始一阵子，三人还是谈得比较投机。

"我说呀，大竹君。"大概是有了几分酒意，友人醉眼朦胧地注视着大竹君，在他的杯子里斟了酒。啊，友人对大竹君熟不拘礼的模样使我颇觉不快。就在这当儿，她提出了一个大胆的问题：

"大竹君，你第一次性体验是什么时候？"

哟，我同大竹君交往了五年多了，还从未如此提问。这个人才头一次接触就单刀直入了。

我希望神圣的大竹君拒绝回答这个问题。可是，我发现自己心底

里却也一直想了解真情。

"瞧你问的，哈哈。"对突如其来的提问，大竹君似乎并不那么讨厌，居然回答得十分坦然，"是在未考取大学而闲散在家的时候。"

"那女方是谁呢？是怎样的女孩儿？"

对此我也兴趣盎然，于是打消了责怪女友的念头。

"是去买毛衣时遇见的丸井百货公司的女孩儿。因为没合适的尺寸，叫我留下电话，第二天她打电话来了……"

听了这话，你可以想象，我气得胸口快炸了。一个在丸井百货公司干活身份的人居然成了大竹君的第一个女人，这绝对不能容忍！大竹君也真是，什么车站旁的丸井公司，居然到这种档次的地方凑合着和人见面。你就不能够选择三越或者是高岛屋那样高档的地方吗？我没有资格对他人的初次体验说三道四，但至少希望大竹君的对方是个美貌的女子，或是住在高原别墅里的少女。说起高原，如果在那里随便损害国立公园的植物树林是要受法律制裁的。人的占有欲不就是要掠夺众人之爱么？那么，想独占大竹君这样的美少年，不也是应该受到惩罚的行为吗？

我又失去了一个老年的梦和希望。

说实话已经过时

"缺乏吸引力呀。"责任编辑M氏在讨论时说道。他手里拿着我的笔记本，那里写着各种各样的小标题，"在这本书里再多加些色情描写。"

"色情描写！"我一口咽下了嘴里的咖啡。在男性面前直截了当地说这句话，是我有生以来的第六回，"饶了我吧。书一出版，家里父母会看，还有没结婚的弟弟。咱们家亲戚还不少呢。"

"你把事情看得太简单了，太简单了。"M氏一下露出严肃的表情，探过身来，"近来，这一类书要是没有点色情描写绝对卖不出去。"

"那种书不有的是吗？朝比奈纪子的、《ANO ANO》的小姐们的……对了，听说还有美貌出众的女模特儿写的书。那些人写的书不充分满足了这方面的需求吗？"

"不光是那些年轻漂亮的女孩儿的书，还需要出自你立场上的性爱观嘛。"M氏接着的话听起来更加放肆，"再说，你已不可能是处女。对吗？"他的眼光突然变得色迷迷地，在我的身上上下打量。

啊！好讨厌。可是，且不说少女漫画家们一个个都和责任编辑结了婚，责任编辑和作者应尽量保持紧密关系，这或许也是出版社的惯例吧。M氏并不是自己厌恶的那种类型的人。再说，人家有老婆，也不至于惹是生非。

　　我打定了主意，说："不过，写这方面内容，也许我有点儿经验不足啊。"这次轮到我用稍稍仰视而又色迷迷的眼光看M氏了。

　　"这个嘛，到书店里去找些这方面的书学习学习就行。"他说罢，随即站起了身子。

　　我有点儿愤愤然："那，那些书的费用要由你们的经费里支出啊！"我终于发起火来。

　　长话短叙，就这样，我跑起书店来了。唔，还真不少。什么《一无所知的父母》、《怎样讨女人的欢心》，还有不知是以男人还是女人为对象的介绍男色的书。书架上比比皆是。

　　我终于买了，一下买了五本。都是大铅字印刷，一晚上全部看完。当我看完最后一本已是拂晓时分。这时，我感到难以抑制的愤怒："其他的女性都干得如此出色。"左思右想，觉得"我确实是没有魅力"。这怒火又变成了淡淡的悲哀。

　　据这些书介绍，"只要是女大学生这个身份，男人们就会被你吸引过来"。还介绍说："如果你是个职业妇女，光凭这一点，你就是世上男人青睐的对象。"

　　我也曾经是个女大学生，现在又是个职业女性。可是，如书中所介绍的，受男人青睐的经历一次也没有过！

　　我时常想，有魅力是件十分伟大的事。我把它高度评价为一种综合艺术。但是，如果是如此廉价的魅力，那使用艺术这样的词就失去了意义。

　　我似乎也可以在六本木、青山一带信步，写出一部按街区、路名分类的《男性研究》来，从而让人们看到我的魅力。我顿悟了，仿佛看到了新的希望。梦寐以求的"魅力"实际上就在眼前。可是，我瞬间又思忖，若是男人们也作此考虑，又会怎么样呢？男人们的书上可以记载，所谓的女人，会轻而易举地委身于在街头刚刚结识的男人。这取决于"当时的气氛"。读了此书而决然奋起的男人大概和我一样，一直为自身缺乏魅力而黯然神伤。读了这种书决意奋起的男女，若在夜晚的小巷邂逅，这种场面怎么想象也不会动人的。设想我在青山或其他地方的酒吧吧台前饮酒，自以为是个"职业妇女"，是自立的女人，于是对自己的魅力充满信心。此时，一个男人走过来。他也是个符合现代男子魅力条件的"中年人"，自然也是自信得很。实际上，这种自信完全是盲目的。这时，自以为有自信的两者相互遭遇：

"不就是个平平庸庸的女人吗？"

"嗨，小老头，这是你露脸的地方吗？"

两人各自追求的"青年实业家"和"女大学生"的目标扑灭了彼此的自信，剩下的只是表面的虚张声势。彼此的自信在这种情形面前最终没有得到统一。男女都想，"至少不要让自信丧失殆尽"。毕竟是在书本上得到的自信，也就不会考虑怎样去互相妥协。最后，我匆匆地付了自己喝的鸡尾酒钱，孑然一人走回家去。

将女人的性自白似的内容写成书始于何时？据我所知，应首推小池真理子的《推荐给知识型毒妇》。但比起当今那些女大学生作家作品的露骨的低俗，还算规矩些。我最初读这本书时，很是愤懑："这种东西，像蹩脚的毕业论文，居然也能出书？"作者描写的美女、毒妇，我都觉得很拙劣。

我的朋友中，有个女孩与作者一样，毕业于成蹊大学。她对我说："我知道小池真理子是谁啦。大伙儿都在问，那个傻女人真的在我们大学读过书？这时，有个人告诉我们真相。我想起来了，比我们大两届的学生中，是有个很蛮横、惹人讨厌的女生。"

这个信息对小池真理子来说显然是场灾难。说有成就的有名女性的坏话，是我和她相同的嗜好。听到上述传闻，我在电话里和人整整说了两个小时有关小池真理子的坏话……

"一般说来，自己身边有几个智商不高的男人来往，便趁机借题发挥，盛气凌人，这样很不对头。"

"而且，把女人之间交谈的隐私写成书，心地够坏的。"

"这种人不是挺多吗？念小学时，有的女孩儿把在同学间听到的话，偷偷地传给老师听。"

"有哇，有哇。这种女孩往往都长得比较可爱，能讨老师的喜欢。"

"唔？你是说小池真理子可爱？"

"这种人真不少。在赤坂等地方的酒吧，手抓着腌海带，洋洋得意……"

"你才是真正出色的女人哪。"

"哟，谢谢。说起有没有魅力，我看还是真理子（指我林真理子）强多了。"

小池女士，敬请宽恕。市井女人议论起来大多这般尖刻。不过，话说回来，这些女人都很讨厌写出那种书的女作家，这也是个事实。把女人们的世界一览无遗地暴露在男人们的面前，这种行为等于是一种背叛。女作家们这样做之后，自己拿到稿费，出了名，引人注目。在六本木附近，在一帮男人的簇拥下，吃喝寻乐。这样做太自私，应该把钱拿出来捐些给女性民主同盟。

Chapter 2 _ _ _ _ 工作篇

媒体和拉面

珍藏品：四十封不录取通知书

女人也爱金钱、地位和名誉

感性的炼金术

近来我越变越傻

矢野显子是块圣母踏板画

女人的友情在优越感的跷跷板上摇摆

比自己大好多的女友好

天地真理和我

媒体和拉面

不问自己能力如何，一味地"想在媒体就职"。

我最讨厌这种女孩儿。若是这句话出自我的表妹之口，我会在她的脸上狠狠掴上两三巴掌。有的女性表面上说"想从事有意义的工作"，"因为作为女性也能在第一线工作"。但是，她内心想的是什么呢？

想轻松，想出风头，想高收入，想在众人面前炫耀自己，想结交社会名流。

要问我何以这么说，因为我曾经也抱有这样的想法。学生时代，我的理想是在《女性自身》杂志当名记者。寄理想于《女性自身》的心理，自己也不甚明了，大概是想结交各种各样的文艺界人士吧。《女性自身》毕竟不像《周刊明星》那么庸俗，仅此而已。我曾经打定主意，当了女记者一定要背个挎包，还要穿上黑色的高跟鞋。当时，我有无穷的向往，挎包→黑色高跟鞋→和著名作家交往→新宿"黄金街"→和著名作家的绯闻……甚至于遐想与五木宽之在一流的宾馆的萍水风流，以至于我在书店看到他的名字就脸红。真不好意思。

在我大学毕业的那阵子，去媒体就职远比现在难得多。一流大学毕业、一流的女性都往那里拥。虽说自己有各种理想，但不久就认识到自己的实力或者说局限了。我在心里告诫自己，背挎包，与五

木宽之的绯闻之类的非分之想应该结束了。出乎意料的是，媒体却向我伸出了手。此时，我方才了解，所谓媒体，远不止"光文社"、"主妇之友社"，类似的机构在市井中比比皆是。

"有一份广告界的报纸，你有没有兴趣去看看？"有一天，大学的任课教授突然来联系。此时此刻，我又惊又喜。虽说是行业报纸，但毕竟是份正式的报纸。而且是广告业，这又十分光彩，就好像自己喜欢的冰激凌上又浇了层厚厚的巧克力制成的圣代。

我喜不自禁，给老家的父母写了信：

"这是一个证明，我是一个何等优秀的女大学生。"

可是，有一点我认识不足。我要去的地方确实属于媒体，但只是一个作坊式的媒体。公司设在神田一个租赁大楼的七层。门口放着拖鞋。榻榻米上有六台广告照片放大机。老板和三名记者，加上当会计的老头儿、打字的女孩儿，整个阵营在等待我的到来。意外的是，在门的入口处，居然还有不锈钢的灶头柜，炊事用具一应俱全。我好奇地瞅着这一切，却未曾想到这会是以后发生悲剧的元凶。

恕我直言，这确实是个作坊式的媒体，发行一个月两次的四开行业报纸。到发行这天，整个公司倾巢而出。从印刷到发送，全部包揽。当打字的女孩儿刚打完稿子，大伙儿随即要把它放入印刷机。利用其中的空隙时间，把装订机放在灶头柜旁边，准备装订。老练的记者也是娴熟的装订工。他把指套往拇指上一套，开始分页，速度快得令人瞠目。刚上班的我只能做旁衬，将报纸对折，一份四页的报纸就这样制成。打字员和老板再把它放入信封，封口。以后，我和打字员去东京中央邮局，把封好的四百多份信封投入邮箱。这就是整个作业过程。这是一家彻彻底底的家庭手工业式的媒体，是个开设在街道里的袖珍型媒体。而这"小型"和"土气"正是我最无法适应的空间。曾经梦想过和五木宽之之间绯闻的我，能从在灶头柜旁进行的一连串作业中，寻觅到工作的喜悦吗？答案只能是否定的。这一切太令人失望！现在回想起来，他们都是些好人。对一个不谙世事的女孩，他们已经十分关照。

我在公司的三个月里，天天绷着脸，看上去就好像没化过妆似的。让我绷脸的最大原因是那个不锈钢灶头柜。我的预感全应验了。在公司里，我尽了种种义务。因为是个小公司，哪怕下班推迟，也绝不会到外面叫夜点上门的。总是一人发一盒方便面。我倒是喜欢吃方便面。它体现了充分的平等。彼此都一样，把开水倒入方便面盒，吃完道一声"谢谢"，把空盒子一扔了事。我刚进公司时，夜宵还是筒装方便面。没多久变成了袋泡面，继而又变成了"万世食品"的生切面，逐渐升级。所以如此，是因为"新增加了一名女性"，男人们为此高兴，还有份依赖。但是，要依赖一个连自己房间里的碗筷都要挨到周日才洗的女子，这种依赖未免一厢情愿。

换吃袋泡面这阵子，我还能忍耐。只要烧开水，往里一泡就成。可是，换成生切面则完全是两回事。在这里，我得介绍一下这万世食品的生切面。它是种高级的拉面，现在很流行，当时还刚上市。面和汤得分开煮才行。不可能像吃筒装方便面那样，微笑着说声"谢谢啦"，抹嘴了事。所以到这个阶段为止，我再三忍耐。然而，拉面战争一发而不可收。男记者们实在是些食不厌细的人，说"在拉面里头放些东西更好吃"，于是跑到附近的蔬菜铺买了卷心菜和豆芽回来。大家为了当天晚上的拉面，纷纷提出自己的主张，事态严重。这要是为了自己的男人，不要说拉面，就是糖醋排骨、八宝菜，我也愿意烹制。可是，凭什么我非得每天晚上为他人的老公切葱拌面呢？更有甚者，午休时间就开始唠叨晚上的拉面花样。是谁？不

是别人，老板本人。

一天午休时间，我正要出门，老板递过来一个塑料容器，叫我"用它做酱汤"。

光吃盒饭还不心满意足吗？盒饭里有切得齐齐整整的鸭儿芹，也有豆瓣酱。最后，我还是在宝贵的午休时间里做了酱汤。从事媒体工作的我，竟在公司里做酱汤。心中阵阵酸楚，不禁潸然泪下。身背挎包，脚穿黑高跟鞋，为有名的作家们所钟爱，让他们带着我去逛新宿的"黄金街"，银座八丁目的酒吧。其中尤得五木宽之先生的器重，白天在一流宾馆留下一段风流韵事……然而，现实却是在用勺子做酱汤。失意使我茫然，竟把全部的豆瓣酱丢进了开水中。

"这么咸能喝吗！真是，干什么都不开窍。要是出嫁，不到三天，准被婆家赶出家门……"

老板的怒吼震耳欲聋。我开始考虑怎样逃离这家作坊式的媒体公司。一个月以后，我辞掉了这份工作。平素乐观的我万万没有预料到，自那以后，不要说媒体，迎接我的竟是就职无门、浪迹社会的命运。总之，当时的我一味想的是逃离那个拉面和酱汤的世界。

珍藏品：四十封不录取通知书

我有个人们猜想不到的爱好，特别喜欢观赏"选美大赛"。不是光无所事事地看看电视，而是自己逐个审查画圈。最近举行的"国际选美大赛"，我预选的优胜者和实际选拔的结果完全一致，不简单吧。

我不会异想天开去做一名参赛者，但很希望在我的亲戚中间有谁能够得到密司什么什么的桂冠。高中同学中间，有个叫系子的女孩儿，被选为密司山梨县代表，这使她披上了一层神秘的面纱。美人血统这个说法有点迷信色彩，但是很有趣。直到最近，我还对"选美大赛"的参赛者印象很差。其中当然掺和着嫉妒的成分，认为她们"过分自信"、"只想出风头"、"缺乏羞耻心"。可是，近来，我觉得她们并不像我想的那样。她们其实是特别喜欢人们如何对自己作出评价，极想了解自己的定位。她们中大概是有人听到阿姨等亲戚的劝导才决定出场的吧。

"花子，你真是长得如花似玉啊。这么漂亮的姑娘，我看在女演员中间也挑不出来。"

"阿姨，瞧你说的。你在哄我。真难为情。"

"你瞧，现在电视台不是在募集什么小姐吗？我才不唬你呢。去，报个名试试。"

这样的女孩儿要是在地方上的第一次预赛就落选的话，肯定打击不小吧。

已经是六年前的事儿了。我就被公司这个审查官无情地打上了烙印："差中之差，没有资格参加首次审查。"我应聘的所有的公司全部不予录取。那时的我已经极其平凡、纯朴地度过了二十二年的人生。我深信无疑，自己平凡的人生道路就是："就职—成家—生孩子。"

家里的父母亲戚都这么赞扬我："这孩子脸长得不怎么样，性格很温和。"

完全出乎我的意料，那些公司的爷们儿为什么就这么讨厌我。就职面试的时候，我打扮整齐，结束时恭恭敬敬地行礼告辞，从来没有什么大的过失。尽管如此，没有一个公司肯录取我做"女事务员"。我从来就没有非分的欲求，要当什么总经理的秘书啦，进宣传部、信息部啦。我甚至豁出去想过，哪怕从没干过的活儿也干。什么打算盘啦，记账本啦，端茶壶给大伙儿沏茶啦等等。在结婚成家前，就职受挫（参照《媒体和拉面》），使我有一种重回娘家似的负疚。我暗暗打定主意，只要能赚得糊口的钱，除了卖春，我什么都干。

然而，我的这种诚意完全碰了壁。谁都不了解我是一个规矩肯干的女孩。当时的生活规律是：早早起床，看《朝日新闻》的招聘广告，挑出中意的，上午打电话，同时跑几个地方去参加面试。记不清写了多少封履历书。总之，每天两三封地写，数量当然极其可观。以至于最后我都不好意思老到附近的文具店去买空白履历书，特意到较远的文具店去。可是，发出去的履历书过了四天，都"准时"地被退了回来。真是没脸见人。以后，学聪明了，把退回来的履历书的日期改一下，半永久性地使用。我难道是因为这样不怕挫折才导致四处碰壁的吗？

我比任何时候都深刻认识到，若把人分成"松、竹、梅"三类，我是属于"梅"这一类的。我又懂得了，梅花取悦于众人，而梅花

54

式的人是绝对得不到众人钟爱的。

记得有一次，我去一个公司面试。面试室外，女孩子们排着长队按序等候。我暗暗地计算着时间。在我之前的最长纪录保持者是二十二分钟。据说，面试的时间越长越有希望。我想竭尽全力维持到十五分钟。好，只要体力允许，一定坚持到底。

当我听到自己的名字，立即站立起来。

面试的办公桌前，坐着一个男人，四五十岁模样。

"你就是林小姐？"

"对（这种场合，回答要又短又清晰）。"

"我知道了。就这样吧。结果以后给你寄去。"

我好狼狈。不要说二十分钟，仅仅花了三十秒。之所以时间这么短，并不是因为从那男人脸上的表情觉察到对我一见中意，"希望一定到我公司来工作"。显然我又落榜了。

但这三十秒钟的时间未免太短。这不成了面试时间的日本最短纪录了吗？日本第一应该高兴。可我也有我的面子。带着这种场合的最短纪录，再回到女孩子们排着长队的地方去，实在太失面子，自然也没有人会拍手迎候。我绞尽脑汁想拖些时间。

"那结果什么时候能收到呀？"我拖长声调问道。虽然这种说话方式正是面试时最忌讳的。

"明天，明天。"与我的意图相反，男人的回答异常地简短。

反正明摆着不会录取，我故意缓缓地起身，慢腾腾地迈开步子。这番工夫所花的时间也才一分三十秒左右。这是在海外演出中介公司中有名的UDO事务所的面试时间。如此日复一日，不录取通知书的信封越积越多。每天早上打开信箱，准可瞧见那些履历书已经规规矩矩、齐齐整整地重返故里。难道就不能偶尔也有一两封晚一点

退回来吗？

有一天，我照例剪下《朝日新闻》，打算出门面试时，突然，身体摇晃，一阵虚脱向我袭来。对，我明白了。照此下去，这履历书还会像冥河河滩上的小石子①越积越多啊。

"嗨，气死人，气死人。"反正要退回来的东西，何苦非得再花电车费去送呢？这也是极其自然的想法。这时，桌子上几封不录取通知书映入我的眼帘。每天接二连三地退回来，我嫌麻烦，干脆就放着，没再打开。一数，有八封。

"真可惜。要是我把最近退回来的保存着，不撕掉的话，现在都超过二十封了。"

钱和自信日复一日地剧减。反之，实实在在增加的就是这些不录取通知书。

"好吧，尽量把这些东西收藏起来。"这是隔了好几天后萌发的非常创新的念头。一想到是为了收藏，再远的公司我也心情坦然地去了。信封的数量依旧在天天递增。但是，想法一改变，发现那些信封尺寸有大有小，颜色有蓝有白，煞是好看。有的盛气凌人，在通知上写"无法满足尊意"。有的则把文字写得长长的，几乎催人泪下："感谢特意光临，但是非常抱歉，敝公司……"

"哟，今天满二十封了。快差不多了。"

当时，在旁人看来，我的超脱开朗一定相当可怖。即使是种自虐，到这种程度，倒也不乏乐趣。但是，我的不录取通知书超过四十封后，终于刹车了。一是怕在收藏上越陷越深，更主要的是我真是身无分文了。

我告别了收藏世界，开始了干一天拿一天工钱的打工生活。我成了一个面试时间最短、不录取通知书最多的非公开纪录的保持者。

① 缘于佛经的说法，意为无用功。

女人也爱金钱、地位和名誉

去年的现在，我花钱如流水。收入和今天不相差上下，还没入住豪华公寓，也没有助手。钱却挥霍不少。接二连三地购买那些著名服装设计师的作品，像"一生"、"WISE"、"Jukenlehl"。

"真是暴发户！要我们哪，只能趁大减价时才买。"当时那些当作家、编辑的朋友们这样揶揄。

确实，去买皮鞋，一买就是两双。常常品尝海鲜、法国大菜。春天去关岛，夏天去非洲野猎旅游。当然啦，感觉好极了。首先，有了自信。当时，我的交际派头已经很大。即使朋友约我在高级俱乐部或宾馆的酒吧见面，我也毫不在乎。落落大方、气度潇洒地赴约。真气派，真气派。

我觉得已经成了安井和美一样的人物，也去银座的老酒吧喝鸡尾酒，喝得还不少呢。

我有个叫千穗美的大学校友。这个女人可了不得。在红灯时，她直穿马路，嘴里还嚷嚷："我是医生的独生女儿，别轧着我，要不巨额赔偿非让你们这些开车的受不了兜着走。让开！让开！"去年的今天，我正是这般心态。走在六本木的人群中，心里就想："前面那位办公室小姐，让开！让开！我这正要去大仓宾馆休息厅呢。你们跟在用公司的钱买单的男人屁股后头，去'sukuare'，哪能和我的档次相比呀。瞧，这不挡道了？别碰我的挎包，那可是去塞班四日

游时买的'古奇'名牌包。快让开！"

当然，我的这种态度让周围的人不快："乡下出来的女人，有了点钱就……哼。"

类似的坏话时有所闻。在广告新闻、媒体工作的女性中，问起对我的评价，我归于差的一类。对此，我自然常常用我的外交辞令应付：

"只要有活儿干就觉得快乐。"

"我行我素，一步一个脚印地去干。"

而听话的一方总不以为然，评价更差："你呀，就会装模作样。"

可是，以写文字为生计的人，说"只要自己喜欢，哪怕是不起眼的事儿都干"。这种台词真能出自他的内心吗？虽说这一切的动机不纯，但是，进入这个行当本身就动机不良。要干什么不起眼的工作，去信用社拨算盘不就得了？

最近，广告稿创作逐渐成了很有人气的职业，不少女孩子都到我这儿来。

"我爱好写作。"

"我对广告感兴趣。"

也许她们没有意识，口头上这么说，心里肯定另有所图：

"我想成名成家。"

"我想打入引人注目的行业。"

"我要钱。"

因为我曾经如此。是啊，有了钱就快活呀。因为是个狭窄的行业，稍稍有点名气，就会受到人们的瞩目和奉承，感觉太棒了。当这一切刚刚开始一点点到手，就会领悟自己对这一切为什么如此耿耿于怀。当时，我终于得出了结论：我是一个特别喜欢金钱和名声的女人。有人会说，你怎么这样直言不讳？我这么说无异于一个女人宣称"我是一个淫荡的女人"所需要的勇气。淫荡的女人，男人们都喜欢。但是，贪图名利的女人，说穿了，男人们不太欢迎。而这两者都具有的女人却大受男人们的青睐，不可思议。不过，我渴望这一切有我的理由。再怎样贪得无厌，不可能到手的东西我不会贪求。在当今的社会中，我渴望的这一切不都可以轻而易举地到手吗？我的童年时代，有不少把两者弄到手的女杰。如戴维夫人和美空云雀。且不论是好是坏，都是些"理所当然"值得佩服的人物。拥有两者和不拥有两者，两种女人之间的界限泾渭分明。像我这样，从少女时代起就是个妄想癖。高中毕业时，立志非要在东京赤坂的高级酒吧"Copacabana"工作不可。可是，最终还是不了了之。然而，今非昔比了。追求名利的女人在广告片中露几下面，或是写一本异性交游录，发点小财，不是极其容易吗？所以我终于也野心勃勃起来。

比如，有个叫原由美子的服装设计师，她就是一个典型的例子。和这位女士只是偶尔在宴会上擦肩而过，谈不上有什么恩怨。但是，对这位女士的成功之道最终还是有异议的。一个服装设计师被各种媒体炒作，俨然成了一个名副其实的文化人。对此，我大有疑问。

"她那良好家庭教养造就的温雅文静的气质深得摄影家们的赞赏。"

"她不善于辞令的性格让能说会道的编辑们深为爱怜，纷纷当上了她的代言人。"（向井邦子《我的原由美子论》）

太离谱了。哪有这样的事？虽然可以说这是女性成名的极其理想的途径，但这种描述实在叫人生厌。我也希望别人这样描述自己，谁都愿意如此。可实际上，我每天听到的完全不是那种赞美之词，

而是"你真会推销自己……"、"真会表现自己"。对此，我丝毫不想辩解（并不完全如此？）。我以为，对于钱和名声，你若想把它们弄到手，就要付出受人非议、侮辱的代价。现实本来就是这样。对于已经谢世的人说三道四可能有点过分。向井邦子的这本《我的原由美子论》和其他著作相比，写得吞吞吐吐，读来味同嚼蜡。碍于平凡出版社的面子而写成的几页文字，死后居然变成单行本中的一章，想必这种所为她自己也未曾想到吧。

说他人坏话的同时，也顺便替自己申辩几句。别看我说话这么生硬，实际上，我是个非常渴望做个普通职员的女人。嫁一个风间杜夫式的老公。每天，他一回家，我就穿着浴衣拥抱他，让他尝尝我做的挂面。

"嗬，好可怕。这场面让人想象起来都起鸡皮疙瘩。"朋友们这么说，"根本不行。像你这样怎么能跟普通职员共同生活？什么事都不会干，只知道大把大把花钱。"

"像我这样，看来还是嫁个商社职员合适吧？"

"唔，那不错。你的特长就是只知道追求时髦。"

"我还可以随丈夫同去海外赴任，在当地写几本《来自纽约的厨房》、《内罗毕的风暖暖地吹来》之类的书，以后又变成畅销书，得个大宅壮一奖什么的……"

看来，我还是从心底里喜欢金钱和名声。

感性的炼金术

"听说撰写广告稿很赚钱，是吗？"常有人问我这个问题。

"唔，没有银座的陪酒女郎赚得那么多。大概和新宿小马路上的陪酒小姐差不多吧。"我佯装糊涂地回答。

我当了自由广告撰稿人以后，承接了一项广告招贴的活儿，报酬相当于原先所在公司的将近一个月的工资。我真是高兴得快要尿裤了。好几次想，这肯定是搞错了吧，得拿着钱上哪儿去躲一躲。这种想法现在还有。没有什么大才能的二十几岁的女孩，赚了等于普通女职员数倍的钱，这是个事实。我确实想过，大概"搞错了"，可是，这个差错让人过瘾，对我来说，正求之不得。眼前这阵子就想好好受用。可是，得到这种差错的恩惠的不仅仅是我。其他的女孩子也享受到同样的恩惠，这令我不快。少女时代，在糕饼店抽"阿弥陀"签时，做了手脚，得了一个最大的柠檬点心。可是，左右一瞧，其他的孩子也和我用同样的手法得到了同样的收获，顿时心里来了气。于是，立刻跑到糕饼店的大娘处去告了密。我觉得现在和当时的心态非常相似。虽然如此，因为我自小是很温和但器量又较小的性格，常常又对自己独自得益感到内疚。所以，如今，我常常招待那些拮据的青少年，以此来回报社会。真的，我一直慷慨解囊，请客招待那些想当广告撰稿人、摄影记者助手等的年轻男孩子。我看到那些不受"良心责备"、没命地赚钱、尽情吃喝玩乐的女人，心

里就来气。这批人中，首推服装设计师这一类人。她们干一次活儿得到的报酬，可以让马上要退休的会计爷们活活气死。比如，做一次广告招贴，我就能得到二十万日元。很多吧。连我自己也觉得多啊。真有点愧对世上父老。可是，那些服装设计师居然也能得到和我一样的报酬！像我这样，做一个项目，得开四五次磋商会，得忍受头儿的颐指气使，受各种各样的气。再怎么样蹩脚的广告稿撰稿人，工作都是从零开始的。这和服装设计师的工作比起来真是天壤之别。她们只要将店铺里陈列的商品转移到摄影棚去就行。

广告设计师对愤愤不平的我劝说道：

"这有什么办法呢？某某（这里要嵌入有名服装设计师的名字）的感性出众嘛。"

就像水户黄门①的"葵"字纹章的印盒一样，"感性"这两个字在广告业中有着巨大的能量。感性敏锐，就等于有才能，其他方面都可以包涵。

某个有名的服装设计师，平时傲慢无礼，衣着时髦得出奇。有了一点儿小名气后，这一切似乎都被认作感性敏锐的佐证了，多好的事儿。为什么我要说这种服装设计师的坏话？因为我受了她们不知多少回的气。我这个人，"看上去比较年轻，又彬彬有礼"。但是，在这个行业中，彬彬有礼反而会吃亏。

譬如，召开一次磋商会，一个人出来说：

"喂，伊藤（导演或摄影师的名字），最近好吗？是不是还常喝酒？"

接着，另一个人说：

"我是林，初次见面。"

两者相比，总让人觉得前者占了后者的上风。就这样，她们在我

62　　　　　① 江户时代水户第2代藩主德川光国的别称。

的面前老是盛气凌人。加之，她们和摄影师或者设计师、编辑几乎都早有干系。像我这样同他们连手都没有握过一下的人，自然相当不利。到最后，我甚至不得不为她们倒水沏茶。

恕我反复举例。服装设计师原由美子其人，她的人格、才能似乎都无可非议（《安安》上这么写）。最近有一次，我在某服装首饰店与她邂逅。只见她背后跟着一个助手，一副女皇的派头。像我等这样的人，几乎只有唯唯诺诺俯首跪拜的份儿。从某种意义上来说，她是当代服装设计师的顶峰，成为一种象征。给服装设计师这种模棱两可的职业注入了堂皇的价值，这确实创始于原由美子和她的经纪人。《原由美子的书》（连我也买了一本）似乎成了畅销书。可是，这绝对让人纳闷。所谓"原由美子的世界"全部由她的设计师为她包装。说她具有协调和指挥的才能等等，她浑身上下穿的不都是别人设计的COMME des GARCONS品牌吗？那本书的书名绝对应该叫做《原由美子租赁服装的世界》。我太了解她了。她是白百合，庆应大学毕业的名门闺秀。可是，除此之外，为什么还要硬让我观赏她母亲年轻时的情照，非得了解她的老公曾是她的同学，并且在三井物产公司供职呢？你有选择服装的感性，难道就没有羞耻的感性吗？真不可思议。对于这个疑问，同行业的人这么解释：

"当服装设计师的原本都是高中或裁剪学校毕业。她们中间唯有原由美子是名牌大学庆应大学毕业。他们就利用这个资历抬高她，从而一下子提高整个服装设计师的社会地位，不就是这么回事吗？"

哼，原来如此啊。

绝不是讽刺挖苦。《安安》《羊角面包》杂志真不简单。她们能自己出书，又推销自己，通过自己出的书使自己成为明星。而且，这样做还能取悦于读者，打造出一个宝冢歌舞团似的杂志名牌。佩

63

服至极。这些杂志的报道，使我从《安安》所载的服装设计师们的房间内观乃至她们的收藏内容一目了然。仿佛我已不是局外人。所以，在宴会等场合，她们见到我，喷我一脸的香烟雾，说："唔，你就是搞广告稿写作的？"

这也是无可奈何的事。我现在依旧这么以为。

近来我越变越傻

我横躺在地毯上，翻阅着《微笑》杂志的"男子性感大特集"。虽然《微笑》的报道十分有趣，但我只是有时去买，觉得不好意思。买的时候把封面朝下，夹在《周刊朝日》、《周刊文春》的中间，成三明治状，可谓小心翼翼。

"男人性感大特集"用图案表示，可见其用心良苦。但是，最近目睹"实物"的机会很少，还是有很多部分感到费解。一边作种种联想，一边体会，不知不觉地打起盹儿来。

耀眼的夕阳照醒了我，涎水流在嘴边和靠垫上，泛出一两条白光。

眼前没有什么需要做的工作，于是就想看看书。可是，近来看到细小的铅字，眼睛和脑袋就不舒服。所以，只是读些田边圣子、稚名诚等人的作品而已。

每天必读的是女性周刊杂志，我几乎能把文艺界的动向列成一张表来。但是现在哪本书畅销却一下子想不出来。

看到我现在的模样不太会有人用"智慧型"这个词来形容我。不过，过去我却一直是从这条路走过来的。中学一年级，我就读了托尔斯泰、陀思妥耶夫斯基。像大江健三郎、高桥和巳这类作家，虽然书店的书架上比比皆是地排放着他们的作品，可是不少人看了就觉得烦心，退避三舍。这些作品对少女时代的我却宛如可口的点心。

　　真的，昔时的我，头脑构造好像与众不同，以至于自己问自己，"是不是有什么缘故？"当时，我得到人们的器重："真理子真是个万事通。"

　　可是，如今呢？我变成一窍不通的广告撰稿人，做了他人的笑料了。异常地固执、频频地出错，快要被人认为得了"文字障碍症"。特别糟糕的是，浊音和半浊音几乎都会搞反。有时，这样的错误还被印成了铅字。有时，在讲话中也会说反，让周围人目瞪口呆。而且，自己对这些错误还自信十足，问题就在这儿。

　　广告撰稿人这个职业要求一定程度的智商。而我现在，似乎连这种程度的智商都消失殆尽了。从前，我可不是这样。就在不久前，有一阵子，我还考虑是不是利用自己的智商出人头地。我年轻，但我没钱没貌。

　　"不过，我有美好的心灵和较高的智商呀，也许这些能吸引异性。"有一个时期，我曾经一本正经地想过，就像《欲望号街车》的布朗琪（不是半浊音的"普"，而是浊音的"布"吧）那样。

　　不知现在叫做什么，当时叫做"compa"。由学生自己出钱，在价格便宜的酒店聚会。我在那儿曾经边喝酒边喋喋不休地对男性谈什么"三岛由纪夫和拉迪克的根本差异"。

　　我在和异性的交往中，多少经过了一番曲折，如今在这方面变得稍许聪明了。比如，交往时要揣摩男方的意图，从而对对方或是扮作"讨人喜欢的女孩"，或是俨然做出一副"悍妇"的模样，见风使舵，随机应变。可在当时除了高谈阔论，咄咄逼人，就没其他招儿了。

　　这样的女孩子，为又赚钱又开心的职业形象所动心，当上了一名广告撰稿人。这女孩的命运怎样呢？当然悲惨喽。

据说，在我第一次就职的演出中介公司里，曾有人感慨地说："没想到在东京还会有像你这样的女孩子。"我脸上从不化妆，身穿毛衣开衫，下面是一条百褶裙。这模样活脱脱一个刚进京的乡下妞。可是，我内心却充满着黑色的野心，根本不是什么朴实的乡下妞。

既想给人一个知识型女孩的印象，又憧憬广告撰稿人的职业，狡猾的意图和想出风头的虚荣心汇成一体折磨着我。这两者根本不相矛盾，当时的我却总是战战兢兢。

"你呀，别怪我说得不中听，太土里巴唧啦。就不能打扮得时髦点儿？这模样像干咱们这行的吗？"听到这种话，我就没好气地回击："我最讨厌人说这话。进了这个行业又怎么啦？我还是我。我没必要改变自己。"

虽然我这样对人说了，可是，在回家的路上，我仍是个心情忧郁的少女，心里七上八下地茫然地浏览着原宿街头的服饰商店。

在这样的日子里，我居然很投入地恋爱了。大概只有我会这样，而且对方还是和我们公司有来往的一个摄影师。听说他后来去了美国。反正时效已过，可以直截了当说了。真是好狠心地亵渎了我的一片真情。今天要借这一页纸诉说我的满腹怒气。在那些日子里，我每天在小田急线的站台茫然呆立。为了男人想到过自杀，这是第一次也是最后一次。哟，都说出来了。

他是个身材颀长、风流倜傥的小伙子。曾经当过模特儿，这使他很自傲。就像画中描绘的那种轻薄好色的男人，不知何故，我竟对他一见钟情。也难怪，我从学校毕业不久，在我的眼里，他是个非常新鲜的人物。就冲着新鲜，也会狂热地去爱。（同样的理由，我曾经迷恋过国立大学毕业的工程师。真是岁月荏苒。）

对我而言，他是个让人眼花缭乱的另一个世界的人。同样，在他

眼里，我的土气和稚嫩一度也曾显得十分新鲜。完全预想不到的事，在男女之间会戏剧性地发生。出于种种原因，最终我被他甩了。这件事传到我周围人中间，使我渐渐难以在这个公司立足。想象一下和科长在办公室里的恋爱被公开后的女职员的心境，就能理解我当时的处境。

当我决定辞去工作的那天，独自一人在住处流泪了。"为什么偏偏我这样不幸呢！不就是对方不对吗？"

过去人们说我只有被害的意识。这时也同样如此。不久，这种意识变成了对男方的怨恨，这个感情过程同往常一样。"不出口怨气能罢休吗？"我不觉地自语道。

翌日，我被叫到上司家里去了。上司外出，他的夫人邀我吃晚餐，要听听我辞职的真正理由。吃罢精心制作的菜肴，又拿出了威士忌。

这是我一生当中，把纯朴的乡村少女演得最惟妙惟肖的一次。

我哇的一声哭倒在地。

"我真的是把他当作现实生活中的长辈，一直很尊敬他。正因为这样，我做梦也没想到他会做出这样缺德的事来。因为你是我上司的太太，我才跟你说的。你绝对不要跟A先生（上司的名字）说，求你了。"

那样相互信赖的夫妻，当太太的岂能不跟A先生说？并且，话通过A先生的嘴再传到老板耳朵里，他肯定在公司里日子不好过。用心显而易见，我为此绞尽了脑汁。

没有看到这个结果，我就离开了公司。但是对男方的留恋和怨恨，使我几乎成了喷薄欲发的火山。过了不久，我把这件事写成日记，向杂志投了稿，竟被采用了，得到了十万日元的稿酬。我用它大饱了口福，方才消了心头火气。

过去的我，就是这样聪明。某些地方要比现在厉害得多。自己身上被窃取的，本身太软弱的地方，不胜枚举。对伤害自己的人不做彻底的斗争，就会被彻底地抹杀。那种聪明智慧，真像是刺戳他人的刺猬身上的刺一样啊。

矢野显子是块圣母踏板画①

我要是说，佐田雅志在《山丹塔》中唱的主题歌太出色了，让人感动得掉泪，我周围的那些人就会"啊？"地对我嗤之以鼻，并且好一阵子不予理睬。

在我交往的人——从事新闻广告业的同行们中间，有三个人是最忌讳的：

佐田雅志、松山千春、五木宽。

对这三个人，你要是在交谈中肯定他们的话，立即就会招来一片责难：

"真叫人难以相信。"

"我怎么会和你这样的人交朋友。"要是提及"田野近三重唱"、"涩柿子队"，他们会当作一种滑稽模式一笑了之。说到"Julie"他们会对你表示赞同。谈起松田圣子呢，只是在男人们对她表示欣赏时，她们才附和首肯。

正因为我也不愿意被别人说"审美能力差"，逐渐地懂得了这里面的微妙关系。

他们或是她们对自己的感性和领先精神有极大的自信，所以常常热衷于买"期货"、"奇货"。

"期货"方面，外国的艺术家、日本的摇滚歌手居多。我对片假名表示的外国名称的接受能力极差，听过一遍怎么也记不住，在这

---

① 江户时代，当局让人用脚去踏刻有圣母玛利亚图像的木板，以检查是不是天主教徒。

儿从略。

但是，在"奇货"方面，在我记忆中就多得多了。作为一种兴趣，推崇怪癖的歌手聊以显示自己富有个性和爱好的话，那么，直到最近，我一直推崇的是平山美纪。

现在，绝对最有人气的当推矢野显子了吧？我周围有不少人与她共事，个人之间交往也很密切，他们都把她昵称作"阿子"。

"嗨，阿子又可爱，歌唱得又好，太棒了。"听到他们异口同声，赞不绝口，我感到极其厌烦。

一般来说，某个艺人、歌唱家之所以走红，就是这样被人云亦云地哄抬起来的。一个人应该是在平等分享的平均的信息量中，决定自己的钟爱。用远远超出平均水平的信息量，人为地制造一种出人意料的对某个人物的偏爱，这不失之偏颇了吗？

对于名人，哪怕是初次见面，一概昵称为"阿×"，好像是这个行业中的习惯。

可是，对矢野显子这样的女人，用"阿子"这样可爱的名称来称呼，实在是名不副实。那个玩具"秘密的阿子"闻知岂不哭鼻子？

《恐怖的房子》中的高中生有种称呼，叫做"牙龈外露俗不可耐的丑婆娘"，我倒觉得这个称呼对她恰如其分。总而言之，我非常讨厌她。我周围的气氛叫人难以开口说出"非常讨厌"这句话，但这也是让我对她越发讨厌的原因。

"你不认可她，你就是感觉迟钝，这太缺少社会的一般常识。"

来自她的支持者们咄咄逼人的目光，使我难以忍受。有时，更会忐忑不安，说不定他们言之有理。但是，做人总有不肯轻易迁就的一面吧。

对我而言，矢野显子正是这样的人物。

她那声音、那张脸，哪一部分能讨人喜欢？

普通的人直率地表示自己一般的印象，仅此而已。为什么要受到这种责难的白眼呢？

对于她，我和周围的人们都变得固执己见。

不知是谁说过"因为她有一个长得像坂本龙一模样的帅老公，所以有人会嫉妒"，这种说法更让人愤愤然，因为讲得还真有几分道理……

有人曾在某个场合给我介绍过坂本龙一。好一个美男子，比人们传说的更帅。望着他，我不禁晕晕然。那是在比参加新潮文库广告节目更早些的日子。

初次见面时，他应我的请求，搂住我的肩一起照了相。第二次，是在另一个宴会上见到他的。"你特意来啦。"他说着，握住了我的手。从肩到手的接触，进展顺利。第三次，会怎么样呢？我思忖着，心头直跳。这样吧，我再走到他的桌子前，孩子气地问他："坂本先生，您休息日是怎么过的呀？"

正当我忐忑不安时，矢野显子正好从旁边走过。本人比照片上看到的显得更丑，真像一个妖怪。可是，就在她走过时，两旁喊声迭起：

"阿子！""阿子小姐！"这呼喊声足以让那些偶像歌手自愧不如。几乎都是些音乐事务所、唱片公司行业的人，名副其实的社会人。我觉得在这呼喊声中不乏阿谀奉承。大概我是这个会场中唯一的非崇拜者之故吧。"矢野显子太出色了！"这句话如同某怪癖的美食家说块菰①拌阿尔及利亚产的蚂蚁酱吃起来味道最佳一样让人蹙眉。

我无心成为什么"内行"、美食家。一旦作起那种评论，总有一天会自己把自己束缚起来。难道人们都不知，最客观的莫过于普通人的直感吗？

① 法国和意大利产的一种食用菌，高级食用材料。

女人的友情在优越感的跷跷板上摇摆

被他人嫉恨的感觉极好。虽然只是在某一个时期，但我确实那样感觉。

自从获得某个广告奖以后，在年轻的广告撰稿人中间，我一下子引人注目起来。杂志上凡有女撰稿人露面、装饰封面的必定是我。

"这么会推销自己，还愁什么事干不成？"

"这个人整天想出风头。"

到处能听到这样的杂音。我知道发这些杂音的人都是我在广告撰稿人培训班时的同学，两三年前，经常一起聚会狂欢的朋友。即便如此，我丝毫不感到孤立。他们也成了满足自己自尊心的材料。如果立场倒过来的话，我口出的恶语，恐怕至少是他们的三倍吧。所以，我对他们的心态非常理解。与此同时，我对自己所处的优越地位也越来越感到难以言喻地偏爱。这时，我明确得出的结论是：对我这样性格的人来说，没有比优越感更令自己陶醉了。所以，要是有人出来破坏这种感觉，我会在背地里大肆攻击。我说的坏话可谓精心炮制，绝对不会寥寥数语就甘心罢休。

"哟，安小姐，我一直以为她是个大好人，为什么名声那么差呀？"

"唔？什么名声？"

"比如说，和广告委托人睡觉，然后把项目接下来……噢，这是

从别人那儿听来的。我因为平时了解她，所以感到出乎意料。对了，我还听到这样的事儿呢。"

聪明一点的人大概会立即看出我的企图，不屑一顾。但是如果这么说会使人认为自己也是一丘之貉的话，讲话时注意不要被人抓住把柄不就行了吗？受到我这种暗中攻击的对象主要是女性。而对于男人，我在这方面比较宽容。更可以说，我很同情同行业中的男青年们，虽然我口头上不说："我们是女孩子，即使半途受挫折，可以出嫁。你们以后得养活老婆孩子，真的要好好努力啊。"总之，对他们是相当热情声援的。

可是，对方如果是女性，我的态度就暴变，事情就不那么简单。我会露骨地嫉妒到伏在枕头上恸哭的程度，自己也不知道为什么性格变得如此恶劣。

在广告撰稿人的行业中，并不像人们所想象的完全凭借实力。当然，充分发挥自己卓越的才能，大显身手，不乏其人。但那是在一流的层次，才需要真才实学。像我们那样二流企业集中的层次，只要有个小小的机会，也会成为发迹的契机。譬如，抓住广告委托人，把引人注目的项目搞到手。和一流的设计师合作，让著名的广告撰稿人关照自己，等等。而且，得到恩惠的女性远远超过男性。那是肯定的啦，即使写出来的东西水平不相上下，但比起粗野的男人来，稍稍有点傲气的年轻女性写的东西更讨人欢喜。

人们都以为类似的机会统统被我独占了。事实并非如此。如前所述，我并不介意别人这样看待自己。所以，只要有略微出众的女性出现，我立即准备出击。就像一个幼童，一个人独占着可口的点心，听到保育员说"你分一些给大家"，便哇哇乱哭。回想起来，在我的前半生中，总是为了点心，气馁消沉，伤心哭泣，费尽心思。

在那之前，我是个绝不贪吃点心、极其规矩的孩子，对有各种点心的女孩，自己就像臣子般地敬若女王，自己就像臣子似的感到满足，这就是我那时的性格，真的。我还未意识到自己身上的性格和才能（如果对我现在的能力能如此评价的话）。或许已经意识到，但一直觉得没必要把它明显地表现出来。耶麻为什么那么漂亮啊？礼子又聪明又善良，志奈子对男孩子真有吸引力呀，二十岁的我真是这样单纯地赞叹不已。

这样的女孩子绝对不会讨人厌，那时绝对没有说我坏话的人。

"傻乎乎的，充满孩子气。虽然什么都干不了，但却讨人喜欢。"这是对我的大致评价。也许这就是我当时唯一的点心。并且我要小心翼翼地把这不值一提的微不足道的粗点心带入我的后半生，为做一个"好孩子"拼死努力。

但是，在我的身上，又有新的东西在苏醒。契机是某一天，一个比我岁数大的朋友说的一句话：

"你能讨人喜欢真不错啊。"

实际上，这也不过是友人在闲聊时脱口而出的应酬话，我却一反常态，极为反感。

"这，这个……"我一时语塞了，不知如何说才好。愣了许久，"我所以讨众人的喜欢，意思不就是我无能吗！"

我一说出口才这样意识到。对自己如此严厉的语气，我比友人更感到吃惊。

也许在这时，我第一次立下了宿愿：

我要让人嫉妒，要让人嫉妒得咬牙切齿。正是有了这个过程，我才脸皮厚厚地说出文章开头的那些话来。

因此，我是否就像江川氏有一阵子那样彻彻底底地充当一个恶人

的角色呢？实际上，这里包藏着我的贪欲。

我企盼着人们用古典式的褒词赞扬我："嘴里厉害，但心直口快，实际上是个好人。"尽管我是如此地跋扈，还是有好几个女友交往，真是好难得，让我感动得掉泪。然而，我的攻击并不因此罢休。

"我是真理子，你最近工作忙不忙？"

"托你的福，××公司搞促销，要搞电视广告，忙得焦头烂额。"

"噢。哟，茶壶烧的开水冒出来了。待会儿再打电话给你，再见。"

就这样，在一段时间里，彼此不再通信。可别生我的气啊，这是我极力采取的既不记恨朋友，又保护自己的手段。

一星期过后，好不容易心平气和了，我拿起电话。

"是我，真理子。看你好忙，我就没再打扰，怎么样，那以后忙坏了吧？"

"噢，你说上次的事儿？气死人了。应该是落实好的事儿，可是临到公布时却泡汤了。"

"真的？那家代理店真是不像话，调节一下心情，咱们现在出去喝点儿什么，怎么样？"

在我的人生词典中，没有竞争对手这个词儿，要么憎恨、嫉妒，要么不屑一顾，两者居一。什么时候，能够建立起一种"相互刺激，共同提高"的理想关系呢？

不过，我有时也在其他的女性那里受到同样的遭遇，可以说是彼此彼此吧。尽管如此，我也有为电影中的《朱丽叶》掉眼泪的时候啊。

比自己大好多的女友好

我有很多三十几岁到四十几岁的朋友。要是称朋友也无妨的话，我还有麻（将）友，同时也是营养补充者的一些六十几岁的老太。当然，其中夫人居多。但是，经常见面的还是一些工作了一辈子但没有丈夫的女性。

我之所以喜欢她们，是因为她们把我当作"年轻的女孩儿"（抱歉），还教我即使不结婚也能把日子过得潇洒。所以对她们，我非常安心（抱歉）。她们有个共同之处，就是极会使坏。这和心地坏稍有不同。她们很愤世嫉俗，评价起一般的女孩子来极其无情，其尖刻简直让我闻风丧胆。

因为我没有这般勇气和批判能力，始终充当听者并且乐此不疲。当然也有风险，不知道什么时候她们会把矛头直指向我。从社会上的区分来看，我等完全被纳入大年龄的层次。在宴会上，最引人注目的是我的二十一岁的助手。当我力图阻止这个行业中常见的那些色鬼时，他们就奚落我："你干吗横插一杠呀，你的时代早已结束了。"而那些老太太聚集的圈子，对我来说，则是未成年者的乐园，我即便任性地发发牢骚，也没有人会苛责我，真是开心。

"怎么样，最近经常和男人上床吗？"在广告胶卷公司工作的T女士问道，虽然早已四十出头，却是个强我百倍的风流依旧的女人。

"我呀，最近交上了一个有趣的男人。"说这话的是自由撰稿人S

77

女士。这个人看上去也不太年轻，但是有关男人的话题用的总是现在进行时，而不是过去时，令人兴叹。

她们谈及男人时，不是年轻女孩子那样，彼此交交心，发发牢骚，而是非常地现实且又兴味索然，合乎逻辑。即便途中插入些有关工作的内容和传闻，原先的话题仍然会淡淡地持续下去。

"所以说，你非得和很多男人上床才行啊。"T女士突然开口。

"什么？"冷不丁听到这样的话，我不由得一阵脸红。

"不行，我对自己的身体没有自信啊。"

"真傻呀，你这孩子。"S女士和T女士同时嚷起来，"那有什么？把电灯关了不就行了！"

年岁大的女人说话就是这样，真实用。她们更了不起的地方是，她们彼此绝不佯装挚友关系。所谓要和各个年龄层次、各种职业的女性交心相处的"羊角面包式"的想法，她们压根儿就没有。

她们虽然在男人和其他事情上，把我当作小女孩儿，但在工作上完全把我视作竞争对手，有时甚至会向我提出骇人的宣战。

"这种水平的丫头片子，就因为年轻，周围的人老宠着，这样做大错特错。那样的工作还得像我们这样的人来干。"就这样不由分说，把工作上的分工敲定了。

若是她们心绪不佳时，就把我的性格剖解得一无是处。尖刻的訾辞劈头盖脸而来。你觉得没有必要把话说得这么绝，她们才不管你呢。虽然，我告诫自己"良药苦口"，好几次还是气得七窍生烟。

"这些女人就是心眼儿坏，才结不了婚吧。"

"唉，我工作再能干，也不能像她们这副模样。我还得结婚成家，得到老公的宠爱，这才是我应该选择的人生啊。"

虽然我经常这么愤愤然，可是一旦离开她们却觉得孤寂难耐，便又主动打电话给她们。

但是，细想起来，我已经成为大人了。小时候，我只接近对自己友善和蔼、说话温和的人。我喜欢听看上去比自己稍差的人赞叹："真理子，你真是什么事都知道啊。"若是和自己一样锋芒毕露，也就是野心勃勃、性格要强的人，则退避三舍，自成一统。就像拳击场上的女拳手那样，看到自己的对手，"嗨！狠狠给她一拳"。类似这样的主动行为我从来没有过。至今，我还是认为"竞争对手能促使自己奋进"的理论只适合于那些男人们。而女性，往往在要战胜对手之前，自己先败下阵来，嫉妒心也随之泯灭。因为自己驾驭不了自己，终于半途偃旗息鼓。但是，看看这些上了年纪的女人，就是不一样。她们会把各种感情巧妙地掩饰起来，嫉妒心、野心、色欲等等，都不会像我这样外露，而是控制自如，这使我咋舌。她们把这称作"我能够我行我素了"。我在自己身上还没有找到这种感觉。

对自己的各种情感、欲望，我自己很难调节、控制。它们总是错综复杂地掺杂在一起，使我胆怯，不敢碰触。每当此时，我总是在深夜给这些大年龄女友中的某一个人挂电话，诉说自己的苦衷。然而，她们的回答总是一成不变："年龄再大些会处理好的。"

电话中传出她们轻轻的笑声。

天地真理和我

　　午后时分，我和往常一样，站在六本木的诚志堂书店里翻阅着女性周刊。这时，一个似曾相识的女人，穿着格子条纹的紧身衣裤，莞尔而笑。

　　是人们早就熟识的天地真理。听说她作为音乐舞蹈剧的演员，正在挑战第三次重返舞台。

　　她的脸上，没有第二次重返舞台时病态的浓妆，表情也自然多了。只是那双萝卜腿依然如故。和站在她旁边的"比特"的颀长的腿相比，简直显得可怜。（我的目光自然而然地在比特的那个部分停了一阵子，当然，谁都会这样。到底还是去了摩洛哥了吧？好像心情很畅快。）

　　我感慨地久久凝望着眼前这幅凹版照似的情景——这么一写，好像我已是半老徐娘似的。事实上，我和她挺有缘分。要说什么缘分，倒不好回答，就是她和我的鼎盛期正好相同。当时她的人气非同一般，打开任何一个频道，都可以看到在声乐道路上受过挫折的歌手特有的校园歌曲式的歌声和眼睛一点儿不笑的天地真理式的微笑。

　　当时我十八岁，刚成为大学生。那一阵子，来到向往已久的东京，每天都像过节。我大有一副"让青春闪光"的架式。现在人们常谴责我的轻率而又死板的思维方式，在那一时期已经完全形成。

到东京，我随即想到的生活模式是：青春＝网球、恋爱、聚会。于是，我立刻参加了网球队，和上几届的同学恋爱，成为一个特别喜欢聚会的女孩子。那真是个好时代，就像天地真理这个青春偶像所象征的那样，生活的一切都比较悠闲自在（话虽这么说，实际上也不过是十年以前的事）。我一说，人们可能都会觉得没趣，那阵子我居然成了网球队的偶像。别看我现在是张胖乎乎的脸，好像"肿"着一样。年轻时可是丰满匀称的。现在，人们说我"极缺乏常识，糊涂莽撞"，当时，人们却都说我"天真可爱"。这是实话。如今，随着年龄增长，抚今追昔，当时的网球队，曾几何时，引得多少男女青年纷至沓来？彼此战战兢兢地物色着自己的目标，为此施展出形形色色的交际手腕。我的懵懵懂懂和天真幼稚的性格，使我成为一个不合群的圈外人。队友们因此也就心安理得地时常对我取笑调侃，仅此而已。

总而言之，我就这样被人称作"网球队的天地真理"，在饮酒聚会时大受欢迎。我最拿手的歌是《渡过彩虹》。"在彩虹的彼方……"我一放开歌喉，大伙便齐声欢呼："真理子！真理子！"（就像天地真理和她的歌迷在一起的场面）我稍稍有点羞涩，手握着麦克风，结果把第二首歌的开头唱错了。要是现在，也许我会被人称作"扭捏作态的女孩"。我曾经是那样年轻，那样幸福。什么样的姿态都能表现。

那以后没多久，天地真理的人气被樱田凉子、樱田淳子、森昌子所替代（山口百惠红得较晚），渐渐地从人气排位中淡出。并且，我也和她一样，重又跌入悲惨的命运之中，变成了"被人腻烦"的人物，再也没有人叫我"网球队的真理子"。到了二年级，彻底被一年级的新面庞夺走了人气，何止人气，连自己中意的高年级同学

也一起被人夺走了。虽然也不能说这是一个转折，但是，看到一切都不尽如人意的网球队就让人来气。终于，我离它而去了。开始成天待在租赁的陋室中，睡睡午觉打发日子。青春变得暗淡而又漫长。

天地真理和我的黄金时期都非常短暂，终于她在与土耳其风俗浴室有纠葛的传闻中销声匿迹。

但是，我毕业后，虽然在班里同学中传说我"回到乡下，嫁给农民了"。实际上，我仍然不露声色，孤注一掷地留在东京。凄楚抑郁，孑然独处。

当我再次出现在他们面前的时候，那些同班同学、网球队友大为吃惊（我自以为）。我作为一个"不负众望的职业女性"微笑着出现在《羊角面包》杂志的凹版照片上，身上穿KENZO一类的名牌。时光荏苒，我搬进了麻布的豪华公寓，在南青山设立了事务所，雇用了秘书。这岂不是闻所未闻的成功吗？

十年后的今天，我重又看到穿着格子条纹紧身衣的天地真理。更妙不可言的是，我意识到，和年轻时相比，自己和她有了更多的共同之处。

她曾说："文艺界就像毒品，不知者为不知。一旦接触了这个世界的人绝对无法再脱身。"

诚然，我所在的二流公司、广告撰稿人这个圈子和文艺界的显赫程度有天壤之别，但是我也同样再"无法脱身"了。

我远远超出了一个出身乡下的薄才少女所允许的范围，对世事知之太多了。作为一个广告撰稿人，我在媒体上崭露头角，作词的唱片也已问世。结交了社会名流，和他们在宾馆的酒吧举杯共饮。参加宴会时也有人奉承捧场了。那些矢志要当广告撰稿人的女孩儿成了我的崇拜者，不断寄来书信。

之后，我应该怎么生活才好呢？虽然微乎其微，我也吸上了"毒品"。十年前，对"网球队的真理子"的称呼心满意足的时代已一去不复返。当我开始得到这些东西后，发现自己已经不习惯宽容。待人接物的那份从容、热情不知消失何方。某些公司年轻的广告撰稿人有点名气，逐渐受人关注。看到她们渐次登场，我就吐着烟圈："嗯，那个小女孩不错嘛。又聪明，作品也写得蛮有趣。"最后又添加一句："不过嘛，这一类的女孩在广告撰稿人当中多如牛毛哇。"

人们一定会想，这个女人多让人讨厌。

但是，我要永远名列前茅。我不能容忍其他女孩引人注目，我只希望我自己得到人们的宠爱和奉承。

不出名的时候，唯一的愿望就是"想得奖"，"想挑大梁"。不知不觉中，"想"变成了对他人"不能容忍"的憎恶。我也是个心地善良的人。正因为如此，这种憎恶他人的感情深深地折磨着我。我甚至一度想过，赶快成为一个基督徒，让我得到解脱。

想到天地真理一定也是度日如年，我几乎要掉泪了。

"喂，天地真理，这次出场，决定让新手岩崎宏美先去，你在背后打打拍子。"

"对不起，现在南沙织坐在这儿，请你离开这个化妆室。"

别人肯定这样对待她。多尴尬呀，如有精神病院，真会去躲避一时吧。

自己比别人先起步，但是要追上跑在前头的人还有很长的距离。不停地奔跑，发觉自己怎么也跑不快，回头顾盼，一大批人劲头十足地跑着想超过自己。这就是我现在的处境。

　　"混账！别上来，退回去！"要是我，会朝他们扔沙子。可是，她处身在另一个世界里，这个世界要求她始终保持笑呵呵的天地真理式的微笑。

　　总之，有着非凡野心和特长的女性，远远要比男性处世艰难，这一点无可置疑。

Chapter 3 _ _ _ 解放篇

从三叠陋室到豪华公寓——我的成功之路

我最喜欢吃烤肉

女人在外就餐时

先乐后愁的大削价

病弱是种新时尚?

录像机使我们变得猥亵

要想海量先酒精中毒

人比自然更可爱

我的美食日记

林真理子何以成为林真理子

从三叠①陋室到豪华公寓——我的成功之路

今天又来了一个电话：

"又要请你帮忙啦。"

"行啊。"

"因为像林小姐这样的地方已经很少见。真棒，没说的啦。上次请你帮忙，评价好极了。"

"是吗？那我就收拾一下。"

这个电话是从杂志社打来的，并不是约稿，而是想借我住的公寓摄影。

十二叠的客厅和紧靠旁边的六叠的寝室，都是木头地板。因为是新造的，墙壁雪白，没有一点儿污迹。钢筋水泥的外墙。这幢宛如美术作品的时髦公寓，还是最近觅得的。包括管理费共十二万日元。我在南青山还有一个工作室，这个价格对我来说是一笔相当大的开支。但是，我当机立断把它租下来了。理由是：

(1) 纯粹现代风格的公寓，我可以在众人面前引以为豪。

(2) 我有很多当设计师的朋友，可以提供给他们摄影，这样就有摄影费的收入。

(3) 住在这种档次的地方，能突出自己的生活个性，感觉极好。

租房子的动机几乎都出于外在因素，这种地方特别反映出我的个

---

① 叠即一个榻榻米的面积。

87

性。在我的行业中都以住取人，同行们都在作各种催人泪下的努力。我回想起来，从前光为了吃，拼命工作。这两三年只顾发疯似的购置洋装。猛然醒悟，自己在"住"这方面档次太低。所以，这次大作反省，租下了这套白色的公寓。我虽嚷嚷十二万日元价格昂贵，实际上，从狸穴到东麻布一带，是东京都内出名的房价上亿的公寓群。我租的公寓房间舒适，并不太大。但就我这样年纪的独身女人而论，这样的居住条件可以说已经是破天荒的奢侈了。

我来东京最初借住的地方，是厕所公用、三叠面积的住房。十个大学生中女生只有两个。现在想来，也称得上得天独厚的环境了。那是一幢小而整洁的楼房。一个比较富裕的东京人家，考虑到退休以后的生活收入，在自家房子的背后建造的。

当初，这家人家的女主人说："我这儿只借给上流人家的孩子。"她上下打量着刚来东京的我们父女俩。

上流人家的公子哥儿、千金小姐会住三叠的小屋子吗？摆什么架子呀！这且不论。十个学生住，两个厕所，两个煤气灶头，水龙头只有一个。这实在是不方便。厕所是掏取式，这在当时的东京也很少见。旁边住着中央大学法学系的高桥，我暗地里给他住的地方取名1号房间。

虽然，春心来迟，但那时我终于也情窦初开了。每天早上，我明显感觉到欲望的冲动。当时已经是大学四年级（我了解得很详细）的高桥，大概自由支配的时间不少，一整天待在家里弹吉他，深居简出。

一到9点左右，大伙儿都去了学校，整个楼里变得分外寂静。这时耳边传来高桥用吉他演奏的披头士乐曲声。在这吉他演奏中，我能心安理得地发出唐突的声响吗？我想，可以称作自身老毛病的便秘，正是从那时开始的。

第二次搬家，在池袋借了一间四叠半的房间。硬是住了四年，一直到房子老朽拆除。池袋的环境和风气，加之外人可以随便进出，一个女孩子单独居住，等于为色魔提供了理想的作案条件。住在这幢楼里的人，几乎都有遭遇色魔的经历。尤其是住在我旁边的来自秋田县的姑娘，肤色雪白，冰清玉洁。被人盯梢，几经风险。令人莫名其妙的是唯有我从来未受害。

"真的得采取点措施。"每天晚上，居民们聚集在楼里的女头儿——我的房间里商议对策。只有我讲不出一次具体的受害经历，好尴尬。

如此的我，有一天晚上总算与"他"遭遇了。夏天的夜晚，热得让人受不了，我在房间里打开了窗睡。忽然，有一个黑影欲窜进来，我现在还记得当时的情景。

"你是谁！"这一声叫喊，大概由于我生来彬彬有礼，听起来让人觉得有少许"欢迎光临"的意味。当然，最后没有酿成什么事件。但是，这一来，我终于可以作为一个被害者同盟的首领，保住自己的地位和体面了。

在这幢楼里，至少有三个女孩子有丧失处女的经验。有一天，明明房间里有人，怎么敲门也不开。还说好今天她男友来一起聚会的呢。我嘴里发着牢骚，回到自己的房间。后来我终于明白了真相。

"哼，行啊，为所欲为吧。"我心里思忖。

发出"哼"声的感受，在以后很长一段时间里，给我的性格蒙上了阴影。每每目睹如胶似漆的一对对同居者，我常常发出这样的哼声。

以后，我的居住记录是：参宫桥附近的六叠房间，厕所独用。再

后来是成城学园附近，带浴室厨房的一室一厅，一直到今天住的麻布公寓。形成一个缓缓上升的曲线，可以看到住房水平的急剧上升。

现在，我成了一个为人羡慕的豪华公寓的居民。但是，期待已久的美好生活能否出现在我的面前呢？

我刚搬进这所公寓时，作了种种遐想，其中之一的情景是：

要像年轻时代的桐岛洋子那样，每天晚上在这里召开派对。就同杂志《恐鸟》的彩页上登的那样，用精心烩制的下酒菜招待来客，营造出一派沙龙般的气氛。当然，会有很多的年轻男士经常登门。他们对我的热情招待感激不已，于是不断又去邀请其他客人。在众多的来宾当中，终于出现了沙龙的女主人——我，所憧憬的白马王子。

某一天的深夜，我工作到很晚开车回家。（一定得是个雨天的夜晚，否则煞风景。）这时，心目中的青年在我的住处前等待着我，雨水淋湿了他的头发。

"哟，怎么啦？这么晚了，今天你一个人来这儿？"

"今天，我有话一定要跟你说。"

这样的情景多少次在我的脑海重现啊。可是，现实呢？繁忙的工作使我把公寓当成了旅店。宽敞的客厅里散乱地放着读过的报纸和里外两层一起脱下的紧身裤、长筒丝袜。送货上门的寿司木桶里小苍蝇嗡嗡乱飞。

"这不就像画中的世界吗？"我嗫嚅道。

在电视镜头上常常出现遍地狼藉的侍酒女郎的居室。我公寓的情景与之几无差异，这使我十分感慨。可我感慨他人未必如此。我心里明白，这种感慨只能给他人带来不快。

说实话，像我这样，也并不是没有男人半夜突然按响我的门铃。

既然是晚上，当然会拿出兑了水的威士忌。男人和女人，在深夜对酌，三米以外就是卧室。这是彼此成为恋人的最短的距离。

然而，我在这种情况下，常常是在房门的内侧叫喊："请等一等，别进来。你等等，在马路角上有家烤肉店，你到那儿等我。"

"我的懒散拯救了我的贞操。"即使我这么解释，也很少有人能理解吧。

我最喜欢吃烤肉

我一直在想，为什么烤肉店总有一种怪异的氛围呢？闹市的一角必定有那么一两家。深夜，其他的店铺都已打烊，唯独烤肉店的霓虹灯仍然璀璨。任何时候进去，总有零星几个吃客，几本旧周刊杂志凌乱地放在桌子上。店主操着发音有点滑稽的日语，和一个地痞模样的顾客断断续续地笑谈。

细细一想，去吃烤肉时，一般都和男人在一起。通常，我有那么一点儿洁癖，绝对不会和一个陌生（尚未深交的意思）男人从同一个盆子中取菜进食。可吃烤肉却大不相同。我会用左舔右舔还沾着不少饭粒的筷子，把对方替自己翻烤的肉片毫不在意地送到嘴里，美滋滋地享用。烤肉的魅力可谓大矣。

和我一块吃烤肉的人一定得作好思想准备，他的处境将相当不利。大概是因为在食欲旺盛的家中锻炼长大，我对吃牛肉火锅、涮牛肉、烤牛肉这一类带有娱乐性的食品相当内行。尤其是烤肉和冰镇啤酒搭配，那我就稳操胜券了。名副其实的"狼吞虎咽"，速度快得惊人。我动筷时，整个身心就有一种被人与火追逼的紧迫感。

前几天，有人曾对我哀求道："你呀，能不能嘴下留点情？帮帮忙。"我吃的速度之快超出自己的想象。

总之，我喜欢吃烤肉，而且几乎和吃烤肉成反比，不知为什么，我很讨厌吃牛排，现在依然。

要问我为什么会如此讨厌，有点难以回答。说穿了，只不过是肉的吃法不同而已，而牛排却被奉作高档的肉食品，我很不以为然。原本在我的"吃牛排的经验"中就留下不太好的记忆。在这里挑明，有伤父母的体面，不想过于声张。实际上，在我高中毕业上东京以前，压根儿就不知道猪肉和牛排的区别。说实话，我曾是个不知牛肉味儿的少女。说起在家里吃牛排，实际上吃的都是猪排，吃火锅时，里面放的也是猪肉。这倒并不意味我家特别穷，好像在这个小小的乡下城镇中，每家都这样。因为，在我的记忆中，同学家招待我吃饭时，当时吃的肉也都是猪肉，而且里头还放了小块的土豆。这样，剩下的肉到了第二天变了形，成了"土豆烧肉"。

来东京以后，有过几次吃牛肉的机会，但毕竟是个可怜巴巴的穷学生，所以始终无缘啃嚼明显分得出牛和猪的区别来的"正宗牛排"。因此，我对牛排这个从名字上也足以体现其高档的食品憧憬已久。有人启蒙我，吃牛排时还应该喝红葡萄酒。这句话让我亢奋不已。

终于我初次斗胆品尝了几乎让人觉得昏昏然的牛排。地点是宾馆。这个宾馆又非同一般，居然是赫赫有名的帝国宾馆！在帝国宾馆的餐厅吃了牛排！这对于作为学生的我来说简直是个挑战上帝的行为。现在，我写下这段文字时，手还在微微颤抖呢。

那天，在日比谷看完电影回家，我和两个朋友商量，在帝国宾馆的茶室尝尝薄煎饼。光这个主意就够潇洒吧。不巧茶室满座。踌躇之际，我们突然产生一个大胆的念头："去上面餐厅吧。"记不清是谁先提出来的。当然，我们的这个暴举是有背景的。这就是我们手

里刚刚拿到打工赚来的一万日元。

我们表情极其紧张地一气登上了通往餐厅的楼梯。因为我们清楚地知道，稍一犹豫，现在的决心就会顿时消失。对我们来说，值得庆幸的是，当时餐厅的衣帽寄放室因为装修关闭了。若是像往常那样开着的话，看到排放着一长溜毛皮大衣和身着黑色制服的服务台小姐，我们肯定马上就"向后转"了。

餐厅宽敞舒适，光线微暗柔和。我在入口处稳住自己，屏气凝神，说服自己："就把这儿当作常去的学校附近的西餐厅'燕子'。"

总算没出什么洋相就入了席。有人递过来菜单，烫金印刷的菜名跳进了我们的眼帘：

"谢留宾·牛排"。

由于我在当时特别喜欢阅读周刊杂志，堪称信息过人的少女。这"谢留宾·牛排"是何等地有名，何等地美味，早已熟知。说到帝国宾馆必提"谢留宾·牛排"，"谢留宾·牛排"即帝国宾馆。常登载在周刊杂志卷首插图上的珍肴，我终于与之面对了。

我真想把这个体验告诉乡下的父母。他们还像往常一样吃的都是猪肉吧？我也真想让小我三岁的弟弟瞧瞧这一碟名菜。我想叙述我是怎样心情激动、哆哆嗦嗦、非常入味地品尝这碟牛排的。可是，事实并非如此。

试想一下，一个只知道猪肉味的乡下姑娘，突然跑到帝国宾馆吃起牛排来，不受天罚才怪呢。我的视线和男服务员的视线相遇就心跳不已，担心会不会把刀呀叉的用法弄错。我在战战兢兢中吃完了这一道菜。过度的紧张使我压根儿就没吃出这道菜的味儿来。

终于吃完菜，又喝了咖啡，走出了餐厅。虽然还是寒冬，三个人却都汗水涔涔。这时，一个朋友说：

"这一碟子够咱们生活好几天哪。"

这一句扫兴的话顿时又让彼此懊丧起来。就像所有的初次体验一样，我和牛排的缘分也是那么菲薄，没有留下什么特别的感受，实在是种遗憾。

大概是第一回吃牛排的狼狈的失败在作祟，总觉得牛排与我不投缘。恕我直说，与当时相比，我现在大可以随意地花钱了。要想吃牛排的话，"马克西姆"、"吉兆"的牛排都吃得起。不知为什么，总提不起劲儿来。前几天，有人招待我去有名宾馆的牛排餐厅，我心里还直嘀咕："与其吃这玩意儿，还不如在这宾馆的寿司店吃呢。"

吃牛排时，厨师先是把一大块牛肉捧来让你瞧，然后问你怎么个煎法。肉正在嘴里嚼动的当儿，他又跑来问你："味道怎么样？"这种场合我能说这味儿不好吗？牛排太大，吃不下想留点儿下来。这时，厨师的笑脸在你面前晃动。于是，只得硬着头皮把剩下的囫囵吞下。别把来吃牛排的人当成猪似的，真是！

曾经是那样憧憬的牛排，很长时间习惯了美食的我，竟然把它蔑视为只是块"煎了吃的肉而已"。这实在令人可怕。不情愿地吃着牛排的我，真是感觉味同嚼蜡么？

在吃牛排时，没有吃烤肉时的那种喧闹和活力。在烤肉店会产生一种难登大雅之堂的负疚，这正是我的中意之处。同样是牛肉，前者是把它放在金边瓷盆子里，毕恭毕敬地给你端来。而吃烤肉时，则把肉堆在很大的盘子里送过来，连做点缀的荷兰芹也不放一块。吃烤肉时，没有人会用英语盯着问你的味觉。你想吃半熟的，你就自己动手烤，这种痛痛快快的吃法也是我最喜欢的。

在乡下只知道和猪肉打交道的少女，知道了怎样吃烤肉，第一次结识了那些喜欢吃牛肉的挚友。

　　我放开肚子吃足了烤肉以后，嘴里啧啧地嚼着口香糖，和男友走出店门。不知道为什么，有很多烤肉店设在旅馆街的附近。大概是满足了身体一个方面的原始欲望，于是我们俩都很纯真无邪地从那里穿越而过。

女人在外就餐时

职业妇女们在公众面前露面，大体是在就餐的时候。时针转到十二点，她们一窝蜂似的从公司大楼中解脱出来，向餐馆拥去。

她们自己好像反而没有注意到，她们的制服和用餐时的举止引发了周围世人的诸般猜想：

"第一劝业银行的小姐真是节俭。午餐打折，她们还是挑便宜的吃。"

"年纪不大，吃得最好。到底是伊藤忠公司。大概公司的男职员经常请她们的吧。"

人们这么猜测。

待她们销声匿迹，两点左右，又有一批女人悄然入座。她们大概是和我一样的独立工作的女性。

她们很了解自己，在餐厅人多拥挤的正午进店里来，是不好意思一个人占一个桌子的。可是，又不喜欢和一帮穿制服的女孩子们凑在一桌，更不喜欢坐在吧台前。于是，就只好错开时间就餐。因此，我们基本上享受不到午餐打折的优惠。

社会上，出版了那么多的饭店就餐指南，怎么就没有一本指导"女性单独用餐"的书呢，我总是不得其解。说得明白些，当今的日本，是个复杂的社会。且不说酒馆餐厅和食堂不太欢迎单独的客人，尤其是对女性，大概事先就觉察到她不会多消费，因而态度怠慢。

有时充分计算好时间去就餐，不巧碰到团体客蜂拥而入，那女服

务员就会冷冰冰地说："对不起，请你坐到吧台前去。"时而会遭遇这样的灾难。

因此，我一个人用餐时就特意多花些钱。虽然贵一些，譬如宾馆的中午客饭，高级餐厅的高档套餐，人们往往意想不到的，还有百货公司的饮食街。因为一个人来购物的女顾客很多，有不少两个人坐的桌子。这样就可以不用太在意地安心品味。

作为自由职业外出工作时，最最不乐意就是一个人就餐。一个女人更难忍受让人看到自己在单独吃饭。在我的记忆中，好几次最终没走进店里去，结果中午饿着。于是我想出了边看书边吃饭的主意。在进店之前，先买好一本周刊杂志或是袖珍读本，边看边吃。但这样一来，叫的菜就受到了限制。一般和酱汤、通心面配套的姜汁烤肉就无法吃了。叫得最多的是奶酪蒸饭和咖喱饭之类能够用一只手吃的客饭。摆出一副架势：并非为了用餐而来，只是想看看书偶尔顺便在这儿吃些咖喱饭的。从表面看，我和在街上小饭店边看"武打漫画"边吃中华冷面的学生一模一样，但想法却迥然不同。

现在想起来，自我意识过剩就像在吃咖喱饭一样，当然不会去记住它是什么滋味儿。反过来说，我也并不留恋在公司工作时和大伙儿一块儿去餐厅吃饭的日子。我只是觉得吃饭是件非常烦人的事，这我记得很牢。

大学时代，只有我一个人租房住，同学们都说："真理子一个人吃饭太可怜了。"于是，她们每天晚上很晚还和我做伴。"吃饭"这个原本完全是个人的行为，也得宠于周围的同学。我也曾有过这样备受关照的时期。如今当我咀嚼着令人蹙眉的咖喱饭时，几度想到，那样的日子大概已经一去不复返了。

但是，当这样的日子过去半年以后，我能够独自随便进出餐厅了。再也不看周刊杂志，挺直身子，很享受地吃套餐，悠然地品咖啡了。与此同时，我也能够一个人去电影院了。在这以前，看电影可以说是一大举动。学生时代，曾经遭遇色魔。这件事我一直危言耸听地诉诸他人，喋喋不休地告诫周围，看电影非得有人做伴。我看电影的过程是，和朋友约定时间（我的朋友之中，时间观念差者不乏其人），选衣服，等人。在电影院门口聊些家常，再进场。要不是这样，我难以观赏到电影。

可是，现在，我都是在外出回家的路上，一个人顺便去电影院观看。如果担心色魔，就坐到靠走道的位置，另一侧放上提包之类的东西就行。想看什么东西，只需自个儿斟酌，随即付诸行动。

这样单纯的事情，为什么过去就没注意到呢？我对单独行动的快感惊愕不已。有不少女性到了我这样的年纪，还说"我到现在还不敢一个人去饮食店和电影院"。对此，我真想对她们说："我也不是一个没羞没臊的女人呀。哼，我也是个想撒撒娇的人哩。"我心里暗忖：这些女人的胆怯实际上就是"别人小便才跟着小便"的翻版。心里这么想，但并不感到不愉快。在很长一段时期，我也曾这样。我要是在那个时期，左右逢源，今天已经是个幸福的已婚女子了。过去，我给在网球俱乐部结识的夫人们通电话：

"伊势丹在大拍卖，想去看看。然后，再想去看场电影。对了，中午以前碰头吧。我一个人不愿意去餐厅和电影院。"

我绝对会这么说的。

不过，有一点毋庸置疑，就餐也好，看电影也好，能一个人去就餐，一个人去看电影的女友们，她们绝对吃得可口，玩得痛快。我很难得地赞扬她们、想起她们来时，又意识到，若是两者都能享受到的话，我们这些人不更要耽误出嫁了吗？

先乐后愁的大削价

对于朋友，我尽量不说坏话。可是，在我的女友中，脾气甚坏的却不少。这使得我这个嫉妒心强、出类拔萃的有钱人，为此吃足了各种各样的苦头。

朋友中有个叫惠美的。我买了套装，她必定打电话向我报告，这套装在大拍卖场上只值多少钱。

"哟，你最近买的那套WISE套装，在大拍卖场上售价一万五千日元哪。你在PROPER花了五万日元吧？哎哟，真不值。"

我握紧了话筒，尽量不让对方听出自己不愉快的声音。

"这有什么？整个冬天一直在穿，本钱早就回来啦。"

"是啊，你到哪儿都穿着呢。"

"瞧你说的，我其他衣服多着呢。"

"是吗？大家都在议论，老听你在说买了衣服，买了衣服，怎么老穿一样的衣服啊……"

话说到这种地步，已经到了忍受的界线，往常我会挂断电话。可是，这一天，我略有所思：自己总是凭着手头宽裕，刚上市的高级西服是否买得太多了？

只要忍耐两个月，什么"WISE"、"一生"，都会跌成半价，不，半价以下。所以，一到大贱卖的日子，那些女平民百姓，眼睛好像变了色儿似的四处抢购。我开始反省，是否也该跑到大贱卖场去，挤在这些平民女性堆里购物呢?

"我说,惠美,现在还在大贱卖吗?"

"唔,快过季节了。等到七八月份看看,马上要削价了。"

"真卖得这么便宜吗?"

"你这个暴发户最喜欢的'一生'呀'polo'啦,便宜得简直让你不敢相信。"

这一来,生来单纯的我便咬紧牙关从初夏开始忍耐。即使看到中意的衣服,就念叨"等到打折,等到打折"。就像念咒语一样。想必当时自己的表情很反常,以至于女装商店的女孩儿看到我,都躲到人体模特儿的背后去了。

好容易盛夏来临,街上到处可见打折削价的招贴,我仍然忍耐。惠美说了,真正的"购物通",在百货公司或时装专卖店大贱卖时也要坚持不买。不能优柔寡断。我也有不少这方面的经验。因为这种场合,价格并不很便宜,而且好的东西大都告罄。

惠美还说,商品折价的真髓就在于厂家的结算。平时价格高贵的品牌设计制造者们,他们亦需要现金。为此,他们集中抛出大量的商品,这样做不失面子和名声。平时一件两件陈列在玻璃橱窗中做展品的西服,在这个时候,从仓库中大批运出来,堆在柜台上。这么一来,"一生"、"康迪·佳尔逊"等名牌都只不过成了大块的布制品而已。惠美是个服装设计师。她说,想到平素要租借衣服时那些店员们神气活现的样子,看到名牌的打折甚至会有种施虐般的快感。

听到她这么说,我的心也被牵动了。对于高级时装店的那些女孩子,我也有一肚子怨气。她们陷入了一种错觉,以为自己也成了名牌的商标。那些女孩子站在店堂里,与其说是销售商品,不如说是

101

在值班监视，将那些和自己商店形象不合的土里巴叽的顾客阻挡在外。就最近，我在青山其乐街某有名的内裤商店，亲眼目睹了店员们极其冷淡地对付一些从竹下路那儿晃悠过来的小女孩儿。其后，对我亦粗声宣告："顾客，没有比这更大的尺寸了！"如果贵店只是为模特儿服务的话，你们的买卖维持得了吗？气人！

惠美也表示愤慨，但她只是在口头上而已。她和有名的服装设计师、女性杂志《安安》的小姐们套近乎。她们自己也极想趁机扬名。筹划什么"名不虚传，在某某时装店工作的比根了穿着打扮得满分"等，刊登在杂志的彩页上。

牢骚发得太多，要被人以为怀有偏见，反而招人怨，到此为止。总之，我决心去大贱卖场。不仅单纯还特认真的我为此精心做了准备，根据惠美和杂志上的信息，我制定了计划：

星期六，上午11点去BIGI集团的打折专卖场。下午去"一生"公司的内部打折会场。星期天去WISE和SCOOP的打折卖场。从银行提款十万日元以备用。如果不够，就盯住同行的文子，让她借钱给我。

事先的准备和金钱都十分周到。但是，我对自己的性格却没有自信。我这个人生来就缺乏两个字：毅力。我压根儿还不知道，正是这"毅力"决定购买打折商品的胜败。

星期天，我彻底睡过了头，起床都已十点半了。今天是我一个人去买打折商品的第一天，这太不像话。我刷了牙就乘上了出租车。乘出租去买打折商品，这不又要成为人们攻击我是暴发户的把柄了？但这时已顾不了那么多。谢天谢地，终于赶上了十一点开张。可是，庆幸的心情转瞬即逝。只见会场Belcommons已被长长的队列团团包围，青山附近人山人海。

"怎么回事儿？怎么回事儿？是在预售田野近三重唱的音乐会门

票吗？"我猜测着，当我明白他们都是为了大减价而来时，不禁恐惧得心惊肉跳。难怪几百个"赶时髦"的人聚集到一起排成了长龙。我想打退堂鼓，头脑中浮现出才付的出租车钱，又哆哆嗦嗦地走到了队列的末尾。

"现在发号牌，大家排好，排好啦。"一个男人在叫唤，"现在发的是下午五点的号牌啊。"

懊丧压倒了惊愕，我实在不是到这儿来的人，哪怕是付出一倍的钱。我这种人应该在时装店里优雅地购置一套刚上市的衣服。到这儿来实在是个错误。我后悔地想着，却又下意识地疾步朝"一生"的减价专卖场走去。

这里的商品原价就相当贵，没有人排队。引人注目的是有不少中年妇人。我在渔猎各种商品时，不禁心头火起，怒不可遏。这里有很多我非常熟悉的商品。

啊！这裙子，我在五月份花了一万日元买的。居、居然只卖三千日元！而且有个长得又丑又俗的女人正拿在手里打算购买。

我的面子究竟往哪儿搁！如果在路上和这个女人擦肩而过，会是怎么样？花一万日元买的人和只花三千日元买的人岂不被人等同视之？有这么不合情理的事吗？决不能容忍。

我茫然若失地伫立了一阵，总算恢复了常态。如果商家老板三宅一生这么蓄意策划，我就来个针锋相对。我打定主意，就买原价最贵的，给宿敌打击最大的商品给你瞧瞧。我把穿得合身不合身这茬儿丢到脑后，随即买下了整个削价专卖场上最贵的一条衣裙。这时心才平静下来。

但是，这平静的心情维持了没有多久。

减价最后一天的星期天，我和文子悄悄地开了一个小小时装会，

互相展示了彼此的成果。在这时，我又怒火中烧了。

去同一个减价专卖场，文子买到的很多都是上等货色，而且穿在她窈窕的身材上，显得特别合身。

"那件衬衫真不错，咱们换换吧。要不我出钱买也行。"

"我不愿意。"她不知从什么时候变得冷峻起来。

我购买的"一生"牌连衣裙尺寸不合，拉链怎么也拉不到底，同样不合身的衣服我竟然买了三套。因为嫉妒、后悔和疲劳，那天晚上我几乎没合眼。

病弱是种新时尚？

"我，我身体状况糟糕透了。医生叫我停止工作。"

编辑秋山每隔两个月就这么嚷嚷。可是，他又去欧洲，又去美国，玩了一圈，一点儿也看不出需要住院的样子。

近来，他特别热衷吃中药，还去颈椎疾病治疗研究所，叫人给自己的背脊骨上扎针。

稍为观察一下，我周围与疾病抗争者还真不少。耳闻目睹的，尽是什么自然食品呀，某地方的推拿按摩如何如何这类话题。

当然啦，当今社会精神压力很大，身体的某个部位出点毛病，情有可原。可是，最近，像我一样活蹦乱跳的少女，居然也称身体不舒服，叫人实在纳闷。

"早上好！"我精神十足地出现在碰头会上。

"咯，咯。你总是那么精神，真不错呀。我这热伤风越来越厉害，加上开夜车，体力不支，咯，咯。"

一清早，我先得洗耳恭听设计师冗长的健康近况。

"你晚上睡眠很好吧。"

"是啊。每天晚上非睡十个小时不可，生来就这样。"

"真羡慕啊，健康的人。像我，一忙，睡觉时间又少，最近还有点失眠呢。咯，咯。"

虽然如此，我可是个心地善良的人。

"不要紧吧。"我作蹙眉状，关心地问，并拿杯子倒水来让他服用药丸。可是他的症状似乎越来越重。

"咯，咯。我撑不住了。"

见他咳嗽不止，我也心绪抑郁起来。

上面提到的秋山，是个对流行时尚极其敏感的人物。

"像你这样的体型根本不行。现在身体壮，性格开朗的人吃不开。"他直截了当地说。

"真是这样吗？"

"如今啊，像你这样胖墩墩的身材不受欢迎。这不，看上去好像整天闲散着没事干似的。"

"有什么法子，事实是这么回事嘛。"

"不行，不行！这么想不行。现在受人欢迎的女孩子一定得有点孱弱的体质才行。"

"噢，就像小林麻美那样？她什么事儿都不干。一策划《最新时尚》、《时髦女郎》的生活方式栏目，她必定露面。"

"对，对。这种气质以后肯定流行。"

"哟。那我患肺结核，去高原的疗养院吧。"

"嗯，如果曾经有这番经历，对你今后的工作一定大有裨益。"

对正在受疾病之苦的人实在很失礼，就在我们笑谈的当儿，我熟识的女孩儿真的生病住进了医院。

她长得风姿绰约，又是颇有名气的音乐协调人。住在市中心的单人病房，房间里摆满了各行业的人送来的鲜花。就在我探望的时候，仍不断有歌手前来探望。病床简直成了一个摇摆音乐会的乐池。

对她本人我当然没说出口，我看到这种盛况，心里甭提多羡慕。人们在想象自己的葬礼场面时往往会有一种快感。从女人角度看，

106

它可以用住院来取而代之。

要是我生病的话，谁会来探望呢？鲜花当然不错，水果也很好哇。医院绝对选择信浓町的庆应附属医院，把有雪白花边的睡衣也穿在身上。

我一边胡思乱想，一边走着，差点没撞上转弯驶来的汽车。哟，好险！同样是住院，要是因为交通事故住院那就格调太低了，得小心点。

就在这几天里，大概是遭什么报应，我的身体状况真出现了异常，胸口痛得夜里睡不着觉。

"生乳腺癌了？"我对自己下的诊断感到毛骨悚然。急匆匆地奔到附近的书店里去查阅有关书籍。那家书店的书种类少得可怜，居然没有"家庭医学事典"。我火不打一处来。幸好，《女性七天》杂志刊载了"乳腺癌"特辑。特辑列出一张"容易患乳腺癌的女性"对照表。据载，其一，皮肤白、身材肥胖者。真痛苦，对上了。其二，腰围大者。哎呀呀，完全对号。其三，嗜好高热量的油腻食品者。当然，正因为喜欢吃这种玩意儿，身体才发胖的。我嘀咕道。其四，出乎意料，高学历的知识女性。这也不例外，日本大学毕竟是个大学。我从那儿毕业，当广告撰稿人，也不能说不是知识阶层。其五，高龄未婚女性、未生孩子者。

惊愕和恐怖，使我几乎将手中的杂志掉在地上。这五个衡量标准全部对上了号，我不用再怀疑已经病魔缠身了。

当天晚上，我在床上独自掉泪，后悔不已。自己花钱如流水，没有分文存款。也没有加入保险。我就是开玩笑也不再说住院了。但求上帝保佑，还我原来的健康身体。

胸口依然作痛。

"回顾以往，我的人生多无聊啊。"

凝神思索，我发觉自己的性格就是走到哪儿算哪儿。

"没有好好地恋爱，也没结婚，也没有在这个世界上留下自己的孩子。就这么离开这个世界，我这个女人真够惨的。"

我仰脸哭泣着，泪水流进了我的鼻孔。于是，我又脸朝下地哭了起来。

尽管我是如此地不安，却没有去医院。在确诊以前，性情开朗些，做点开心的事儿，我平时的秉性又复苏了。

去那个百货公司以后，或是去某个地方旅游以后再去医院，我如此盘算着，日子一天一天地拖下来了。终于，我一个人守不住这个重大的隐秘，将实情告诉了一个朋友。

"怪不得，近来你整天没精打采。"她说，"你狠狠心，去看看。我陪你去也可以。你的性格就是爱钻牛角尖，我想肯定搞错了。"

在她这番话的激励下，我去了医院。除了看牙，我还是头一遭进医院的大门。

"你有什么症状？"

挂号处的小姐冷冷地问。

"也许是乳腺癌。"我回答，差点儿掉下泪来。接着，我拉开了门诊室的门。

"哪儿，哪儿，哪儿是乳腺癌？这可非同小可。"一个年老的医生用爽朗洪亮的声音迎了过来。

咦？他人的秘密居然就这么大声地喧嚷。

"要说癌症患者，一打开门我就明白。像你这样的人嚷嚷生癌什么的，真正的癌症病人要气死了。"

医生的话让我高兴。

"你呀，平时挎着个笨笨的大包走路不是？这就是问题啦。这样给肩和胸部增加的负担很重。"

　　还好，不是癌！兴奋之余，医生以后的揶揄，我一句都没听进去。

　　从这一天开始，我又增加了一个自负的资本，当然不是我独自去医院的事。不能忘恩负义，我给替自己担心的朋友挂了电话：

　　"医生还说啦，胸部越大的人负担越重。唔，你一点儿不用担心。"真是虚惊一场。

　　老是做这种事，所以惹人讨厌。瞧我这个人。

录像机使我们变得猥亵

在我的房间里，有一台"索尼profile"录像机。不错吧！分期付款好不容易都付清了，就是录像带太昂贵，不大买得起。手里只有"综合娱乐"和"佐野元春演出实况录像"可怜巴巴的两盘。

我对机械一窍不通，说明书看了多遍，就是不会预约录像。想录九点的新影片特约播出节目，结果录的却是七点的新闻频道。

最近我留意到，到我房间来，看到我的录像机的人都会做出同一种反应：

"没有那个吗？"

所谓的"那个"好像指的就是色情录像。人们把我和录像机联系起来，便立即联想到"色情"，看来，我真得好好检点自己日常生活的言行。

但是，说实话，我也有两盘"日活"出品的录像。这是我为了迎合来客的需求，让田口特别出让给我的。他是个收藏迷。可是，这东西噱头太大。标题写得耸人听闻，什么"让你一览无余"，"金发女枕上大战"，实际上并没有什么大不了的裸体镜头，还不如看《周末》呢。

我的朋友中，有不少是这方面的内行，如M子，我的老朋友，在一流的商社工作。因工作关系，看了很多这类录像。

"这是什么玩意儿？是给儿童看的色情片子吗？"她看了以后，愤

110

愤不平。

但是，我现在真正体会到，不管是M子，还是其他朋友，人的色欲之情完全没有什么贵贱之分。因为都是我的朋友，不大好说。我一直以为她们有一定的教养、社会地位和高尚的品格，现在看来我的想法太迂……

一天晚上，我去某著名音乐家府上打麻将。这位人士是歌手选拔赛的审查员，对那些立志当歌手的年轻人总是关怀备至，谆谆教诲。在他家吃完夜宵时，他们让我看了硬派色情片。（让我看了，这说法怎么说也是我的得意之技。）要说我好色，充其量看看"日活"而已。可他家情况完全不同。一家子一边看从夏威夷偷偷带进来的令人瞠目的录像带，一边观赏戏闹。看到局部特写的镜头，嘻嘻哈哈地说："还是咱老爸的大。"

在这种场合，我照样啜着威士忌，笑着附和。说心里话，我特别讨厌这类硬派色情片。我喜欢女主人公是旧式的女子，那方面的氛围比较幽雅的片子。这大概是因为我很少有那种炽热煽情的机遇，视觉反应特别迟钝的缘故吧。加之，这类录像，在日本物以稀为贵。从一个人手里传到另一个人手里，一再地翻录，画面粗劣不堪。看这样低劣的东西，还不如和自己的恋人亲热调情呢。

可是，在我的周围，很多人喜欢领先一步。有了录像机这个最新式的玩具，不甘心就此罢休者急剧增加。摄影记者山田，把妻子从出生到现在的照片全部摄录下来，配上音乐，制成了一盘道地的纪录片，夫妇俩乐此不疲。这算是人们比较喜闻乐见的例子。糟糕的是还有用录像制作淫秽工具的男女呢。

一天，偶尔去友人的住处。

"让你看一样好东西。"同居的女孩嘻嘻地笑着说。拿来一看，原

来是男方摄录的女方的裸体录像。

"我们专门研究了演员五月绿的姿势。"女方说明道。

"噢，不错。"这句话我终于没说出口就拔腿回家了。那录像的后半部分一定还收录了他们做爱的光景。谁愿意看这种东西！

但是，我痛感整个社会的风气都在逐渐变得淫秽，像我这样纯情的人越来越难以立足了。

对于情欲，无论男女都表现出那样的狂热，使我惊愕不已。而且，连我也逐渐地受到这恶劣风气的熏染。

我不喜欢录像，对那方面的书籍却好像渐渐地喜欢起来。心态一变，我所处的环境也显得不同一般。最近，我从《SUB》（有名的男性同性恋者的交际杂志）的编辑部得到了一本书，书上登载了很多昭和初期变态者的照片。有幅照片是，太阳伞下，一个像无赖般的男子在和梳着隐耳式发型的年轻新娘媾欢，它并没有现时的那种刺激。昔日的记录，体现出一种深沉抒情般的气氛，倒十分可爱。尤其是一张躲在树背后等待姑娘的照片，那个男子的那份幽默，让人忍俊不禁。照片好在它的图像固定不变，好在没有唐突的某部分图像的扩大，因而，可以比较冷静地去观赏它。我所以讨厌硬派色情录像，理由恐怕也在于此。

实际上，我看电影十分投入。这两三年里，生理上似乎也有了变化。每当出现猥亵的场面时，嘴里就会积起很多口水。我并没有感到特别的兴奋，何以这样，自己也感到奇怪。看电影时，总是像往常一样津津有味。但看到恋爱的男女双方走进宾馆的房间，我就异常地敏感，顿时两种感觉袭来。既有期待："差不多要开始了吧？"又感到恐惧。"口水太多，怎么办？"这么一想，注意力完全集中到嘴里，脱离了电影中的世界。而且越在意，口水就越多，好像成了在电影院里的巴甫洛夫实验用的狗。

不久以前，我观看了《四季·奈津子》，在那个电影里有个场面，我最喜爱的男演员风间杜夫把头埋在我最讨厌的鸟丸节子丰满的胸脯上。"克制住，克制住"，我一个劲儿地忍着，可是一疏忽，"咯"，喉咙里发出很响的咽口水声。出现情爱场面，一般都没有音乐配音，场内鸦雀无声。自然，我发出的响声就格外地引人注目，以至于坐在我旁边的男十一瞬间把视线瞥向了我。

要是像色情电影中常见的有人追到厕所附近，说："小姐，你好像欲望得不到满足吧。"这如何是好？我很担心，还好，什么事儿都没有。

但是，近来，我一直在动脑筋，怎么来掩饰这"咯"的咽口水的声音，苦思冥想，终无良策。

第一个想到的主意是打哈欠。可是，出现很刺激的床上镜头时，一打哈欠，显得不自然，不是反而要担心被人窥破心机吗？

其次，也想到过嘴里吃东西。但是，我也好歹是个电影迷，做出这种违反规矩的举动，心里觉得过不去，这个办法也不行。

既想看热恋的镜头，又怕咽口水出丑，要解决我这复杂的心理矛盾，方法只有一个，在我自己的房间里观看"日活"的录像，这样一来，不会发出"咯"声，又可以很投入地欣赏。

给来客看的录像，我刚才这么掩饰。有人会说："你自己不是很喜欢看'日活'的录像吗？"可是话说回来，一个缺乏魅力的女人独自在自己的房间里观看色情录像，这光景难道还不够凄惨吗？我也有我的自尊。这种孑然一身的观赏会只举行过两三次。真的，不骗你。

要想海量先酒精中毒

在当今世上，我觉得难以相信的事之一，是年轻女人极度的嗜酒。

"每天晚上不在青山的酒吧喝上一杯鸡尾酒就睡不着觉。"

"嗨，每天晚上泡在酒坛子里。昨晚两个女人喝了一瓶。"

每每女人们如此说，旁边的男人必定会马上接口说："真的？下次一起去喝！"这种男人亦委实可憎。按我的推测，女人原本并不那么喜欢酒，当然其中也许有真正能喝的。大半是喜欢和男人在一起才喝酒。有事实为证，去女友家，都不会马上把酒拿出来敬客。一般都是咖啡和茶。可以瞥见冰箱里有啤酒，那似乎是为男客人留着的。真是啤酒瓶、威士忌瓶遍地狼藉，一个人像吹喇叭似的狂饮，这样的女人当然值得敬佩。

实际上，女人喜欢的是，在时髦的小酒店、小酒吧里，边留意男人们瞥来的视线，边装出百无聊赖似的抽烟喝酒，这才是女人的真心吧。可是，说到酒，我常常被人误解。瞧见我粗壮的体形，大多数人都会问：

"你酒量一定很好吧。"

我胖胖的完全是脂肪，而不是酒。

"你喝起威士忌来就像喝啤酒一样啊。"

人们常常这样对我表示叹服。实际上这只是生性贪食而已。就我的性格来说，喝酒时没有五六盘小菜摆在面前，就觉得不过瘾。喝酒就如同吃菜时需要喝水一般。而且，我爱吃的又是油炸鸡、炸土豆一类热量很大的东西。吃了很渴，自然喝起酒来也就大口大口了。即便是有机会和男士两个人静静地对酌，我也是不吃个饱绝不罢休的。

我舔着嘴唇打开菜单点菜：

"红酒蒸蛤仔，排骨，对对，再加个厨师沙拉。"

男人看着我满嘴油光光地嚼着猪肋骨，冷冷地说道：

"你真是能吃啊。"

也许原本准备酒后去各种娱乐场所，或在夜色中的公园散步啦，或是光临情人旅馆啦。可是，为了几块猪肋骨，我往往错失良机。

不过，喜欢吃有一个好处，就是不会烂醉。要是有哪个男人想灌醉我，欲行非礼，这几乎没有可能。首先，看到我吃相者，他的酒就马上会醒。看到我咕嘟咕嘟接着喝酒，他一定会明白，无机可乘，打消非分之念。虽然本人未曾确认，想必很多人就是这样放弃了和我的接触机会（我一厢情愿地这么认为）。学生时代，有个男孩儿这么对我说：

"你喝酒的模样一点也不讨人喜欢。一般的女孩儿喝了几口后，总是说：'哟，我喝醉了，这可怎么办？'是吧？听到这话，男人就会觉得应该有所表示。可是，像你这样，大口大口地喝酒，喝完便问，都喝完了，一个人该出多少钱？这么一说，男人多没趣呀？"

这席话，很长时间在我心里留下很深的影响，随着年龄的增长，我也有了野心，也懂得了应该带着一种期待去和男人喝酒。去那种场合，下酒菜就吃点儿花生粒儿，一小口一小口地喝兑水威士忌。很不可思议的是，我这么喝，反而比平时大吃大喝更容易醉。我的

脸烘烘地发烫，泛出淡淡的粉红色，平添了几分妖艳（我自己这么以为）。

"哎哟，我醉了，这可怎么办？"

男人却立即担心地问：

"你出租车钱总有吧？"

瞧，我和酒的缘分仅此而已。当我明白，对我来说酒并不能作为和男人交际的小工具时，我就不大喝了。并且，像我这样处于劣势的女人，很多场合都得由我买单。当然，要是有人肯请客，我会欢喜雀跃地奉陪。

正因为如此，我谈不上喜欢喝酒，也无所谓海量。只是如上所说，一瞧见那些女人旁若无人地谈喝酒的话题就怒气冲冲，抑制不住心中的嫉妒。她们和我不一样，一定靠喝酒得到什么好处。有人提及比较时髦的酒店名字，说："那里的店长是我的朋友。"听到这种话，恨不得教训教训她。

那种店的店长，对女人的好恶表现得异常分明。对美貌的女郎、可爱的女孩儿，还有小有名气的女人（如时而在媒体露面的服装设计师），他就奉为上宾。我的一个漂亮女友无意中说过，她每次喝酒后总抢不到买单的单子，很难为情。照理像我这样，吃得那么多，多少也得给些优惠。可是，成不了酒店点缀的女孩儿却往往得不到重视。

说出来也不怕得罪人，我很憎恨"常客"这个词，这个词反映出店主和客人同流合污的丑恶和想比别人占更多便宜的无耻和得意。

大概是四年前的事了。我在小田急线的一个小站附近居住。离家走四五分钟路，有家小小的酒吧。经营者是一个五十岁上下的女人。不知不觉地和这家酒吧混熟了，在店里存了一瓶酒。我还是第一次这样做。这家十人入座就客满的小小酒吧，客人几乎都是当地的常客，彼此关系也极好。自己说出口有点不好意思，大概是因为客人中没有妙龄女子，没多久，我就成了这家酒吧的红人。当时，我刚担任广告撰稿人，在公司，只有摆弄宣传招贴的份儿。但是在这小酒吧里，我俨然摆出了一副资深的广告撰稿人的架势。其他的常客也都一样吧。

我几乎每天光顾这家酒吧。偶尔没去的日子，女老板就打电话来："××来了，说真理子不在好没劲儿。你快来吧。"于是我便兴冲冲地去了。

每天去那种酒吧，对我一个低收入的人来说，负担不小。但是，在那里，人们都需要我，喜欢我，这使我十分惬意。

什么时候起这份惬意变成了对自己的厌恶呢？是当我隐隐地意识到，大家都在这家酒吧做戏，扮演各种角色：精明能干的公司职员，生活奢侈的职业女性，超乎寻常的开朗性格……这些人都是为了掩饰自己作假的羞臊而来喝酒的。

各种各样的男人借助酒描绘出各式各样的人生故事。而对人生涉足未深的女人来说，对于酒又知道多少呢？即便是刚有所认识，大多数女人也都会像我那样，故意对现实熟视无睹吧。

领悟了喝酒的真正内涵等于领悟了不幸。

人比自然更可爱

　　每逢夏天去南方的岛屿，成了我近年的习惯。如此写来，似乎显得十分的优雅，以至于让写出这些字的我赧颜。实际上这一切都缘于自己这过于丰满的体形。

　　到了夏天，谁都想变得大胆些，我自然也不例外。再年轻几岁，对体形有点自信的话，我也想去湘南和新浜，穿着比基尼，躺在沙滩上，享受男孩子们的阿谀和殷勤。遗憾的是，对现在的我来说，这已是无法实现的梦想。我太了解自己，去那种熙熙攘攘的海滩，是何等丢人现眼的行为。倘若规规矩矩地身着连衣裙式的泳衣，这光景又似搂着宠儿戏海的家长，自然谁也不会过来套近乎。

　　既想穿比基尼，又不愿给他人添麻烦，我的这种美学意识促使我乘飞机去洗海水浴。

　　穿着很挑逗的意大利比基尼，白天在海浪中嬉戏，晚上穿上礼服去宾馆酒吧喝热带饮料。这是堪称经济比较宽裕而又超过婚龄的女性的理想度假方式吧。

　　总是和我同行的女性是个理想的伙伴。两个女人外出旅行，能不能玩得快乐，实际上，取决于对同伴的选择。两个人配合失当，结果就会很惨。这是谁都明白的。彼此若没有对于饮食和陌生地方的好奇心也不行，自己在常识和智慧方面所欠缺的也极需从同伴身上得到补充。还有，不能太声张的关键是，两人中若有一方是个极好男色者，或是天生丽质的美女，那也会出现种种弊端。

广美小姐当然称得上是个美人，但她聪颖，对自己的美貌并不十分在意。而且，她还是个活跃的作词家。平时，遍尝山珍海味，对葡萄酒的知识极其丰富。还能说英语和法语。我这个知识女性望尘莫及。更令人欢喜的是，大概是因为大我几岁，她非常大度温馨。邂逅偶傥男性，她会说："那个男人让给你真理子吧。"

结伴旅行，还有比这更理想的同伴吗？

我和广美一起去了菲律宾的宿务岛，第二年，两人又去了关岛度假。

和广美在一起几天就会发觉，我们性格上最相同的不是好食、喜欢购物，而是彼此都有很强的自尊心。两人都觉得极不愿意让人以为自己像那些公司女事务员那样，积蓄起奖金好不容易才出来旅游。所以，不喜欢旅行团的随团导游，我们选择的全是自助游。有意安排在没有叽叽喳喳女孩子的时期，欢笑喧闹的年轻女孩会破坏周围旅游者的兴致。

由于错开高峰期，关岛的海边沉寂幽静。我和广美喝着啤酒，整天享受日光浴。

"忘却繁忙的日子，从从容容地亲近自然。"这是我们俩在旅行出发前确定的理念。所以参观岛上风光啦，去迪斯科，对菲律宾乐队的小伙子暗送秋波啦，在我们的头脑中压根儿就没有这种打算。

但是，显得很习惯旅行、充满了成熟女人魅力的我们俩，男士们并没有视若无睹！

因商务来关岛、在贸易行业供职的仪表端庄的中年男子和另一个大陆航行公司代理店的日本男性先后向我们发出了聚餐的邀请。贸易行业的一方归功于广美，代理店一方则是我的成果。

代理店的男子白天晚上都招待我们尽情地吃喝，这真是想不到的遭遇。托他的福，我和广美的礼品在数量上出现了不平衡。

现在回想起来，当时海边没有年轻的女孩儿。另外，我的比基尼乳罩不小心松开亦是这场邂逅的相当重要的因素。

但是，不管怎么说，我们是自尊心很强的职业妇女，所以与他们始终严格保持了一定的距离。用餐，我们领情饱口福，对餐后去闹市喝一杯的邀请断然加以回绝。当然，我们更不会轻率地把东京地址告诉他们。我们可不是那些回日本后肚子就大起来的女孩儿。

忙这忙那，不觉到了最后一个晚上。那天也没约人吃饭，我们俩确实有点百无聊赖。关岛的最后一晚，使我们微微有些伤感。于是，我们决定去宾馆迪斯科舞厅。这是很意外的决定。因为我们很瞧不起那些结伴来到外国去迪斯科的女孩子。

我和她一贯认为："她们是到外国来宣泄在日本得不到的欲望。""所以，外国的男人根本不把日本的女孩儿放在眼里。"去过欧洲多次的广美这么说，两个人为日本的女孩缺乏贞操感叹了许久。

不过，最后还是下了这样的结论：就一个晚上，学学那些女孩子的样儿也未尝不可。于是，我们开始化妆。我在圆领衫下，还穿上了在关岛百货公司买的金丝紧身衣。

乘出租车去的宾馆迪斯科舞厅完全出乎我们的期待，这么说一点也不过分。空荡荡的舞厅里，客人很少，只有三三两两几个女人，看上去就知道她们都是这方面的老手。正当我们欲转身回去之际，身后传来了混浊的大阪方言：

"别在这儿，别在这儿。这儿不好。俺知道好的迪斯科舞厅，上那儿去吧。"

我们回过头几乎叫出声来。一个长得像甲鱼模样怪丑的老人，站在我们身旁。光溜溜的脑袋，穿着圆领衫和牛仔裤。一副很年轻的打扮。可是，在昏暗中，那张满是皱纹的脸庞表明他已有相当的年纪。

"嗳，走吧，走吧。"他那极力怂恿的态度让我们忍俊不禁。怎么说好呢，我们来关岛以后，在潜意识中始终紧绷着的对男人的戒备心理，刹那间无影无踪了。

他把我们的笑意理解作OK。

"好，俺去换换衣服，在咖啡店等我。"说着，像孩子般地奔走了。

"嗨！真是个有趣的老头。"

"不过，越是这样的老头，越好色啊。"

"那把年纪了，带我们上哪儿去都没事儿的。"正当我们互相议论之际，那个男人洋洋得意地回来了。我们看了他一眼，差点儿没把手中的咖啡杯掉在地上。广美"哎呀"地叫出声来。只见他上身穿一件黑色丝绸灯笼袖衬衫，下身穿一条银丝女式喇叭裤。怎么看，也像刚才在迪斯科舞场上表演的菲律宾乐队的哥们儿。

"他在和真理子的金丝贴身裤媲美呢。"好容易恢复平静的广美低声嘟哝。

在去迪斯科舞厅的车中，这个来历不明的老人讲述了自己的身份经历。今年七十五岁，每月来关岛一次。自六十岁让儿子接替自己的事业之后，便整天玩乐，享受人生。

"俺最喜欢关岛，一到关岛，每天五点半就起床，骑着摩托兜风、冲浪。昨天，当地一个十五岁的高中女孩儿，我连哄带骗呀，一起在迪斯科舞厅玩到天亮。俺在关岛迪斯科舞厅里还有点小名气哩。"

一喝醉就喜欢笑的广美把脸埋在汽车椅子上，抖动肩膀笑个不停，

我是个一板一眼性格的人，只顾计算拎包里还剩多少美金。连我自己也觉得对人太算计不好，可是，这种说大话的老头往往是特别吝啬的。我心里猜测，也许邀请我们一起去是为了让我们掏迪斯科的入场费。亏得贸易行业和代理店那二位的慷慨，我包里的美金很有些积余。招待那位老人尽兴玩乐不成问题。

出人意料的是，那位老人很热心地和迪斯科舞厅的工作人员打了招呼，拦住表示客气的我们，刷地把三个人的入场费都付了。

"别客气，让女人玩得开心就是男子汉的天职嘛，进去吧。"

他在地板的中间停住脚步，手指着镜面旋转的闪光球，摆出电影演员John Travolta的姿势。

这回该轮到客人们目瞪口呆了。说起来，现在才注意到他的风貌，他的舞步谈不上漂亮，但是从老人戏耍似的跳舞姿势，可以感觉他早已熟悉此道。发疯似的扭转腰部的动作显得那么粗俗猥亵。

来客几乎都是日本人。但是，在老人疯狂般的气势下，他们一个接着一个地离开了舞池，都去别处参观了。这样一来，刚才对他已经熟识的我们就有恃无恐起来。留意一看，在宽敞的舞池里跳舞的只有我和这位先生了。我干脆脱去圆领衫，身上只穿了一条大红的金丝紧身衣。客座中引起一阵轰动。

到这种地步我和老头彻底得意忘形了，好像两人死在舞池里也在所不辞一般。

两人最后甚至还跳了贴面舞，舞兴大作。

"太棒了，你。我周游世界见过很多女孩儿，像你这样还是头一次。"老人向我频频致谢，"你呀，整个身心都适合外国人，跟日本人太没趣儿。你要是到外国去，管保好多人追你。"

我把这话当了真。回国后，买了灵格风。这且不论，只是，这个老人最终没有说出自己的姓名。

"这种时候，只要高兴就得了。我绝对不说自己的名字，也不向别人打听。"

可是，最后，他这样说：

"因为是你们，我才告诉，彼普·艾莱克伴磁气医疗器公司董事长是俺的弟弟噢。"

在回国的飞机上，我们一直嘻嘻地笑个不停。原本我们是为了一时告别大都市纷杂的人际关系来接近大自然的，然而，我们却没有留下椰子和大海的记忆，能记起来的唯有那位"彼普"先生的银光闪闪的喇叭裤。

我的美食日记

　　小学时代，在去补习私塾的路上，有一个铁路岔道口。如今已经看不到了。当时，在那个岔道口有个当扳道工的大叔。每当列车通过时，他就把栏杆升起又放下。

　　那是一个寒冷的冬日，我看见那个大叔正在吃盒饭。他佝偻着身子，鼻子吸溜地往嘴里扒饭。嘴里吐出的白气，弥漫在粗陋的铝制饭盒上，宛如蒸汽一般。

　　我像目睹了一个不该目睹的光景，心中涌起阵阵酸楚，情不自禁地奔跑起来。难以形容的悲哀，使我几乎潸然泪下。这情景我至今记忆犹新。

　　这样一个感情细腻的少女，二十年以后的今天，每天一登上测体重的磅秤就忍不住要掉泪，这实在是种讽刺。

　　实际上，我是个很贪食的人。人们常说，作为性欲的补偿，人会去拼命地满足食欲。瞧我这一身赘肉，成了自己缺乏魅力的怨恨。

　　对于美味食品，我不仅贪得无厌，而且好奇心强得异常。比如，正在减肥时，有人拿来饼干。若是一般的饼干，就能忍耐，可是，有人说明"这是麴町村上开进堂的饼干"，我就会受不住诱惑，马上一饱口福。

　　我的一贯主张是："未知的体验应该领先一切。"因为名牌食品，你光凭眼睛无法知道其滋味，是非得亲口尝试不可的。

广告业是个时髦的世界。越是一流人物，越是有钱。他们频频出洋，个个能吃。对于吃是极有兴致，极肯挥霍的。

前几天，五六个很有地位的人，一起去青山的莎白蒂妮聚餐，同时洽谈工作。

"哎，上个月去了巴黎，顺便又去了阿姆斯特丹，尝到了野鸭子喽。"

"京都的佟屋的春笋，味道相当不错。"

彼此间滔滔不绝的尽是些极其奢靡的话题，展现了一个诱人的享乐世界。

我因为最年轻，还是个小三子，自然是默默地品尝平素难得的佳肴，洗耳恭听先生们的阔论。

"当今时代，唯有吃才能体现人的社会地位。"我真的这么以为。并且期待自己成为一个美食家，能够脱口讲出"城堡"一类法国葡萄酒的名字。

以前，我只是能吃而已，层次并不高。说"拉·玛菜"、"阿·拉·塔布尔"的法国菜好吃，也只不过是吃过两三回打折的午间套餐而已。要说去有名的中国菜馆，顶多品尝鸡肉炒面、肉炒腰果之类。要说吃，我实在惶恐得很。

尽管如此，我在逐步地努力。自从搬到麻布以后，也因为环境优越的缘故，我在吃的方面可谓蒸蒸日上。面包必定是圣法尔门，奶酪和火腿则是纪国屋。

说起纪国屋，这地方还留下我很多追忆。对此，知者还不多。

我在大学时代，有个叫阿悦的好友。她是一个地方富豪的千金，让家里在原宿买了一套宽敞的公寓住。因为当时我是个住在四叠半小屋的穷学生，能结识这样的朋友真得感谢上帝。于是自以为是地

成了这个家宅的食客。

到吃晚饭的时分，阿悦邀我去买东西，要去的是yours，就是现在的纪国屋。

"今天晚上想吃火锅。"阿悦这么说着，就买下了七百日元一百克的牛肉。现在七百日元一百克的牛肉也许不算太贵，七年前的七百日元可是我一天的伙食费。看到她毫不犹豫地买下七百克这样昂贵的牛肉，我简直目瞪口呆了。而且，更让人吃惊的是，火锅的配料魔芋丝、老豆腐、大葱这一类也都在纪国屋购买。

现在回想起来，阿悦很称得上是个美人。她把毛衣随随便便地围在腰上，信手把番茄扔进购物筐。这情景给人印象极深。

当时还没有"水晶"、"闪亮"这一类表示酷的流行赞词，最精彩的唯有纪国屋这个世界。我站在收款台边，入神地凝望着阿悦购物的情景。

我有了出息得以搬到麻布的公寓来住以后，第一件想干的就是这件事。

从地理上看，我的住处离六本木的明治屋近。可是，我却斗胆利用出租车去纪国屋购物。当然，回来也乘出租车。我以为手里拿着纪国屋的袋子乘公共汽车是有失体统的。

我在纪国屋买了黄瓜、西红柿，甚至菠菜。自然也没忘买旱芹。这可不，在广告中的购物栏里，肯定能看到超市的纸袋里露出旱芹和法式面包的照片。

但是，在邻近的蔬菜店里，花两百日元就能买一堆的西红柿，在那里买两个就得三百日元。

我一次购买就要花一万多日元。实在是超资产阶级的行为。我在这种行为中自我陶醉，情绪激昂地乘上电梯。

纪国屋的收款处在二楼。从一楼到二楼有两台电梯。连三越百货公司都相形见绌的美貌女子或是英俊小伙子店员会走进电梯为顾客按好电钮。

仔细观察后发现,这里的店内广播方式同百货公司完全一样。

"真挚地感谢您每次光临纪国屋,二楼是收款处和停车场入口处。"

与百货公司不同,纪国屋因为只有两层,所以特别地忙碌。但是,她们或是他们都极其优雅地为乘电梯的顾客服务。最初,我曾觉得不可理解。为什么不像附近的皮考克那样,把电梯改成自动扶梯呢?这样经费又可节省,顾客也不用等,商品价格也可以便宜下来。心里老觉得愤愤不满。

可是,又细细一想,如果这样考虑问题也就成不了这里的常客。

一天,我终于发现了为什么要使用电梯的原因,不禁愕然。那天,我的钱包里只有三千日元。三千日元在纪国屋能买什么,买多少?这要比在国外免税店一手拿计算器,一手买东西困难得多。但是,这天我一心想买的是奶酪,冰箱必备品黄油也用完了。现在,我的生活中只缺一盒奶酪,一盒黄油。所以,我只买这两样东西。可是,这在纪国屋显得可怜巴巴,很不体面。

我就这样乘进了电梯。除我以外的顾客都推着购物车,上下两个筐里,从大块的高级冷冻肉食制品到薄棉手巾纸,装得满满的。从一楼到二楼,其间有一个短暂的密室里特有的沉默。在这个工夫,人们自然而然把视线瞥向他人的筐子。

我的筐子里只有奶酪和黄油,自然我也感觉到人们射来的冷冷的目光:

"哼,读了田中康夫之类小说的琦玉县近郊的女人,想到书中提

127

及的纪国屋来买东西。显然因为太贵只买了黄油就回家了吧？"

我在这种很难适应的气氛中，渐渐地陷入了被害妄想。

"我不能输给他们，得想办法改变这种状况。"我挺起胸，将手臂靠在电梯壁上，摆出一副很熟识此店的模样儿。

"我可是住在青山的女孩儿啊。刚才在家，打开冰箱门一看，发现没有黄油，这才来买的。瞧，这儿离我家近在咫尺，所以就像去方便店似的立刻跑到这儿来买的。"我这样施展自己的演技，到了二楼觉得疲惫不堪。

我在很长一段时间里，为纪国屋奉献了很多，金钱还有精力。有客人光临，我就用纪国屋的瓶装熟菜或是沙拉款待。最近流传我"赚了很多钱"。谁让我是个极讲究吃的人呢？所以，稍稍花点钱也是情有可原的事。

一天早上，我一觉醒来觉得肚子很饿。"吃面包吧。"我想。面包是吃"圣吉尔曼"的还是"安徒生"的呢？在我的脑海里已经有了明确的选择。不能吃当地产的"山崎"面包，我的身体和审美意识在这样呼喊。无奈，我只得换衣服，坐公共汽车去青山。在路上，我心里逐渐对自己不满起来。

"还是不懂得奢侈好哇。"原先的日子过得那么轻松，什么地方做的面包都吃，没有不满，吃得津津有味。

"怎么会变成现在这样呢？"我反复地问自己。"圣吉尔曼"的面包确实好吃，可是，它从我身上夺去了多少自由和时间啊！

"吃东西的时候，总觉得羞愧和悲哀两种感觉交织在一起。"幼时的我凭直觉得到的感觉，不知为什么，又在近来的我身上重现，难以摆脱。

林真理子何以成为林真理子

我特别喜欢得到荣耀，然而内心却相当脆弱。听到过分的赞许就会感到很不好意思，急不可耐。

"你别这样说，我可不是这样的啊。"最近，大概是年龄的关系，老是得不到他人客观的评价，结果落得一个被人在背地里称为"与年龄不相称的想讨人喜欢的女孩儿"。而且，人们一点儿也不理解应该客观地褒扬我，为此，我时常感到悲哀。

比如，人们常常说我"有干劲"。可是，这种话，连现在的小学女生听了也不会觉得高兴。

还有，作为这种褒词的变化，常有人评价我"有朝气"，"非常开朗"。说实话，至少该称赞我"才貌双全"啊。

举一个范例。在一次宴会上，某著名摄影家看到我这样说："哟，天才少女来啦。"这是最让我高兴的赞词。对"少女"的称呼令我感动不已。

近来，不知何时起（我很不愿意从我的嘴里说出来），在不知不觉中，我成了一个小小的成功者故事里的主人公。这个成功者的故事里有几个神话，其中之一说：

"林真理子是以自卑为动力才成功的。"

这个评价令我极其愤怒。要是不至于被判死刑的话，我真想当场用刀子捅他一下子。我会疾言厉色地斥责："难道我就长得那么丑

吗？难道我有什么肉体上的缺陷吗？"

说心里话，我觉得自己比他人认为的要美得多。性格也像自己常说的并不坏。我这么说，我的朋友中野绿等一定会叹息：

"你这种盲目的自信真是你的厉害之处啊。"

可是，如果以为我会佯笑着聆听你们这种非议，真是大错特错了。我不认为自己像他人所说的那样，是个性格怪僻、个性太强的人。缺乏常识的人，反而暗暗自负。我是个在当今社会中难能可贵的古典式的温文素雅的女性。

对于长者，我不会熟不拘礼，到年底必定恭敬致候。我懂得自己的"本分"，绝不抢出风头。真的。我还是背地里爱读草柳大藏先生著作的热心读者呢。这位先生的随笔，大概是出于对现代女性的激愤和绝望，文章有的地方让人觉得支离破碎。但是，作为一部"礼仪读本"来读，却是非常有趣易懂。总而言之，我最最讨厌那些说我出言粗鲁、太有个性、新派的女人。何以这样说，因为我相信，即便我穿着普通的衣服，像普通人那样沉默缄语，在人群中也绝对是最引人注目的。你们已经明白了吧，我就是一个极端的利己主义者！这个想法太大胆，我不轻易对人说。但是，事实上，正是有了这种强烈的自我意识才有今天的我，这么说绝不过分。有人呵斥我是个想出风头的人。难道你们就不晓得，有人从诞生在这个世界上的那时起，就注定要引人注目。

从小学时代起，我就非常引人注目。并不是成绩好，也不是比赛跑得快。周围的人都说我是个性格非常特殊的女孩儿。人人说我"怪，怪"（乡下的孩子们词汇贫乏），自己也信以为真。渐渐地，我也有了几分青春的妩媚。这一来，就更不想辜负众人的期待了。这就是人情。在高中时，我参加过地方广播电台的广播演出，小有名气。所以说，把我从高中以后的那段暗淡的日子称之为"培养追求精神的时期"是错误的。

大学毕业以后，等待我的是没有工作和挨饿的日子。刚当上广告撰稿人时，"笨蛋，闯祸胚！"天天挨训。面对这一切，我想到的并不是怨恨，要有骨气，而是惊愕和纳闷。"在那么长的岁月，有那么多人说我这个少女身上肯定有可贵之处，到了这儿怎么会这样，真不理解，哪里出错了？"

好几次我在公司里打扫厕所时，突然这么想，手拿着抹布茫然呆立。

要按一般常理，这种情况会让人矢志奋起，重新攻读广告知识，或是向左翼思想靠拢。我却并非如此，只是一味地嘟哝："不可理解，不可理解。"回到住处便躺倒在地。我就是这样一个慵懒得近乎病态的女人。

如今回想起来，如果像最近的电视剧主人公那样，对那些曾经破口责骂过我的公司前辈做一番反抗的话，也许他们也会认可我："嗨，这家伙还真有胆量。"可是，这个不可思议的少女生来就不会对世上的事深思熟虑。不论怎样受到奚落欺侮，第二天早上照样最早上班，默默地清洗烟灰缸等家什。（因为是自己的事，什么都能写。）可是，终于有一天，这个灰姑娘等来了抛弃烟缸的日子。她凭着自己动物般的嗅觉终于在这庞大的东京觅到了能认可自己的人们和世界，并迅速地向其靠拢。如果把它称之为野心，实在显得智力低下。

有一天，我拎了一包馒头，道一声你好，跑到某个很有权力的人家中去玩。那位人士为我指点路径，顺水推舟又为我的工作斡旋。渐渐地，在我的周围，又开始出现小学时代的气氛。

"你有撰写广告稿的才能。"

"你身上有某种潜在的能力。"

事隔五年，重又听到这样的褒词，不禁热泪盈眶。此时，我如果

谦逊地为这小小的成功而欣喜，一直保持这种心态，也会形成自己的"人格"。但是，我却越来越高傲起来。

以往支持我的是一个地方城市的默默无闻的人们。最近，更多的人对我表示赞赏。自信使我把目光投向更高的目标。

但是，并不全都是赞词，也有些人蹙眉不满。"什么林真理子，已经不行啦。"从这些人中间开始发出这样的言论。我的一大特点是，对于来自权威方面的反应极为脆弱。一听到那种评论，我的自信顷刻之间就开始崩溃，反比以往更加消沉。也就是这个时候，我甚至认真地想过："别再待在东京，回乡下去吧。"脑海里出现的尽是"好运不长久"之类的箴言。

但是，我的可贵之处在于，出现这种局面以后，必定像寻觅救命良方似的又去追寻能认可、勉励自己的人们。

"哟，这阵子，你不是干得不错吗？"

"像你这样的女性毕竟还是不多啊。"耳闻这些话的瞬间，我的心中重又萌生出高傲的种子。

"有百人为敌，必有百人为友。"

"自信乃是美德。"

"少年啊，务必胸怀大志。"

几倍于以前的格言不断在脑海中涌现。

我这个人，要么消沉，要么高傲，总是十分极端。我的人生历程就是，从高坡上骨碌碌下滑跌落，然后又支撑着爬起，重新攀登。如此周而复始。

在这反复之中，我领悟到，这高坡的距离越来越长，跌落的我也不断随之成长，追求的目标也越发宏大。我一个接着一个把它们攫取到手。这也许就是我，"林真理子的能量法则"吧。

后　记

　　责任编辑这样对我说："你要想方设法写出一本以往的女性绝对不会写的书来。"

　　因此，我就想尽量直率地挥笔去写。可是，随着写作的进展，好几次我自己变得悲切起来。在很长一段日子里，我总是头碰着墙壁，唏嘘不已：

　　我真是个讨人厌的女人啊。

　　出乎意料的是，责任编辑M氏每每看到我写就的稿子却反而捧腹大笑。随着稿子的趋于完成，我的心情逐渐地变得黯淡，而M氏的笑声却越来越响。

　　我写的书就那么有趣吗？莫非这种笑声是当编辑的独特的"诱导行为"？

　　我虽然没有亲眼目睹过，想必没有掌声的脱衣舞是十分凄惨的。所以，也许有人看到我的裸体会转过脸去，但我仍期望，有更多的人会嘘嘘地吹着口哨为之欢悦。不是那样的话，我便失去了脱衣的价值。

　　最后，作为舞蹈者的林真理子，向为导演这场演出而呕心沥血的M氏表示感谢。真心地感谢你曾对我病态般的怠惰一度无言以对，但之后又怂恿、震怒、哭泣、威吓，使尽种种手段对我进行激励。

　　还要感谢刚获得ADC最优秀奖的奥村韧正氏，在忙得不可开交

133

之际，仍然承担了本书的装帧。

最为遗憾的是，关口升出版部长未曾目睹这本书的出版溘然去世，谨祈冥福。

林真理子

一九八二年九月一日

林真理子年谱

1954年　4月1日生于日本山梨县山梨市。

父母经营书铺，家境并不富裕，但自小与书籍结缘，立志长大当作家。

1960年　就读于山梨市加纳岩小学。

1966年　就读于山梨市加纳岩初中。加入校立吹奏乐队。

同年，赴东京参加NHK全国音乐大赛。

1969年　就读于山梨县立高中。加入广播、文学兴趣小组。

同年10月，被山梨广播电台音乐唱片节目选中，以玛丽莲的名字参加每周三播出的广播演出。青春小说的不朽名作《忧郁的葡萄》记录了这段女子高中的青春经历。

1972年　考入日本大学艺术系。加入课外网球队。

在东京租借三叠陋屋，开始都市的大学生活。

同年，首次海外旅行去巴黎。

1975年　开始就职，应聘40余家公司，均未被录取。青春时代的挫折成为第一本散文集《个女无敌·快乐书》（直译《把快乐买回家》）的素材。

1976年　大学毕业，开始打工生活。当过印刷工，还在医院做过人工植发的临时工。

1978年　矢志小说创作，三个月仅写了18页，受挫后转而参加广

告文稿写作班。此时文才受到赏识，正式就职于广告制作公司。被人谑称为"土包子姑娘"。

1979年　欲参加讲谈社主办的访华团，因公司未准假，辞职。

同年，就职于秋山道男事务所。

1981年　从事广告文稿写作。作品《边赶边修边休闲》获TCC东京广告作者俱乐部新人奖，初露头角。

独立成立事务所。

1982年　第一部散文集《个女无敌·快乐书》用生动的当代女性话语，直抒职业女性的心声。出版后畅销全国，媒体争相报道，一举成名。

同年被选为NHK一年一度的除夕全国"红白对歌"文艺晚会评审员。

1983年　发表散文《赏花不如结婚》，在青年中掀起一股结婚热潮。

开始作为畅销散文作家客串电视台节目和广告片。

发表散文集《快乐综合征》、《即使过了梦想年代》等。

开始小说创作，发表处女作《向星星许愿》。

1984年　由《向星星许愿》改编的电视连续剧在东京电视台播出。

第一部短篇小说《星光下的斯特莱》被选为日本通俗文学最高奖直木奖的候选作。

正式开始专业创作。同年还发表《忧郁的葡萄》、《林真理子特集》、《真理子的梦在晚上展现》、《投向街角的吻》等。

1985年　《忧郁的葡萄》和《胡桃之家》先后被选为第92、93届直木奖候选作。

同年发表的作品有小说《只要赶上末班飞机》，散文《南青山物语》、《今晚想起忍不住笑》等。

开始在女性杂志《安安》上发表连载《每次吃饭好悲哀》、《紫色的场所》。迈向通往美女的第一步。

1986年 《只要赶上末班飞机》和《京都行》获第94届直木奖。《南青山物语》被改编成电视剧在富士电视台播出。

同年还发表《恋爱幻论》、《身心》、《真理子的青春日记和书信》、《只要爱》等。

1987年 受《安安》委托赴巴黎采访。开始关注香奈儿、迪奥等世界时尚。

被选为美国国务院"肩负明日日本使命的年轻人"赴美一个月。

出版《战争特派员》、《喝茉莉花时》、《失恋的月历》等。

1988年 出版《真理子的故事》、《你见过这样的巴黎吗》等。

同年获《文艺春秋》读者奖。

首次参加远藤周作任团长的业余剧团公演。

1989年 出席维也纳歌剧院舞会，开展社交。

在松坂庆子主演的音乐歌剧《山茶夫人》中担当角色，扮演大热魔女。

电视剧《林真理子的危险的女人们》在朝日电视台播出。

出版《罗马的假日》、《女性时尚用语词典》、《昭和的回顾和微笑》、《旅行磨破鞋，临睡喝杯酒》等。

1990年 与公司职员东乡顺结婚，在东京神田基督教会举行结婚仪式。

《安安》先后连载《真理子的婚纱日记》、《真理子的为妻日记》。

同年还出版有以母亲为题材的小说《读书的女人》，以及《奢

侈的恋爱》、《美华的故事》等。

发表第一部描述明治皇室风俗和丑闻的历史小说《明治官女》。

1991年　韩国出版韩语本《个女无敌·快乐书》。

《忧郁的葡萄》被改编成电视剧，在富士电视台播出。

出版《悲哀不已》、《真理子专集》等。

开始学习日本传统歌舞剧。

1992年　获和服优雅京都大奖。

散文《和服的享受》获普及民族服装协会文化功劳奖。

同年发表回顾36年人生的长篇小说《一年一回》，以及《下一个国家，下一次恋爱》、《大人的现状》、《原宿日记》等。

1993年　出任日本恐怖小说评委。

"林真理子展"在银座开幕，展出作者的全部著作、插画、手稿以及日常用品。

在话剧《歌剧少女》中担任角色。

在国立剧场演出日本舞蹈《藤娘》。

作品《东京窃国物语》被改编成电视剧，在NHK播出。

出版《奢侈的失恋》、《难道不讨厌》等。

1994年　出任《小说新潮》长篇小说新人奖评委。

历史小说《明治官女》被改编成电视剧，在朝日电视台播出。

在根除艾滋病慈善音乐会上参加歌剧《卡门》的演出。

出版《文学女人》、《天鹅绒物语》、《奢侈的恋人们》、《白莲依依》等。

纪念《周刊文春》散文《今晚想起忍不住笑》连载第500回，与读者百余人重访家乡山梨县。

1995年　出任朝日新人文学奖评委。

小说《白莲依依》获柴田炼三郎奖，被改编成话剧公演。

发表《文女士》，漫画小说《虹的娜塔莎1》、《虹的娜塔莎2》等。

1996年　小说《快活的全家旅游》被改编成电视剧，在富士电视台播出。

在朝日电视台名人专访节目《彻子的客厅》中出场。

描写婚外恋的长篇小说《青果》出版，成为一大畅销书。再版30余次，印数达70余万册。

《忧郁的葡萄》英译本出版。

同年问世的还有《幸福御礼》、《全勤奖》、《雏菊·爱情故事》等。

1997年　《青果》同时被改编成电视剧和电影，成为社会一大话题。

客串NHK电视连续剧《阿谷莉》。

《安安》开始连载系列散文《美女入门》。

《大家的秘密》获吉川英治奖。

出版《个女无敌·好运书》（直译《做个好运的女人》）、《和服的故事》等。

去纽约、香港旅游。

1998年　出任讲谈社散文大奖评委。

当选"当年最出色女性"，获钻石个性奖。

出版《葡萄物语》、《跳舞唱歌大赛》、《分手的船》等。

去蒙古旅游。

1999年　出任三得利推理大奖评委和吉川英治文学新人奖评委。

出席勃勃·克利克公司在法国凡尔赛宫举行的世纪末招待会。

《美女入门》单行本出版，成为畅销书。

长女出生。

2000年　出任直木奖、每日出版文化奖评委。

在纽约日本社交会和巴黎日本文化馆发表演讲。

获最佳和服穿着奖。

在"六本木男生合唱团"的圣诞节晚餐会上担任首席歌手。

客串日本电视台《时髦的关系》。

出版《个女无敌·真爱书》（直译《女人自有男人爱》）、《爱得要死》、《寻花》、《美女入门2》、《错位》等。

开始学习法国菜烹调法。

2001年　出任《妇人公论》文艺奖评委。

被法国食品振兴会授予骑士称号。

小说《一年以后》被改编成电影《东京万寿菊》。

客串电视节目SMAP×SMAP。

出版《美女入门3》等。

赴北京观赏世界三大男高音演唱音乐会。

2002年　角川出版社以"读真理子，入美女门"为主题开设林真理子个人书展和网页。

发行文库本《美女入门》。

长篇小说《圣家庭的午餐》出版，描写家庭事件的恐怖题材给书迷带来冲击。

同年出版的小说还有《花》、《初夜》和散文集《红一点主义》、《世纪末想起忍不住笑》。

发表随笔《二十几岁女性必读的名作》，介绍作为年轻女子修养必读的当代文学作品。

2003年　　小说《读书的女人》被改编成电视剧，在NHK黄金时段播出。

和散文家秋元康、漫画家柴门文一起开设以女性为对象的恋爱咨询网页"恋爱迷"。出版《比自己年少的朋友们》、《真理子的餐桌》、《东京偏差值》、《男女旅行到终点》等。

在《周刊文春》上连载《野玫瑰》。

年末出版的描写女性恋爱痛苦的长篇小说《姐们儿》，以爱情与恐怖结合的小说体裁，引起关注和好评。

"姐们儿语言"、"姐们儿短信"大流行。

2004年　　《野玫瑰》单行本和短篇小说集《乳色》出版。

和作家松村友视等共著的短篇小说集《东京小说》发行。